KB053863

화가가 된 혁명가

화가가 된 혁명가

남진현 에세이

'화가가 된 혁명가'. 저자의 초고를 읽으며 떠올린 제목이다. 나는 이 제목을 강하게 주장했다. 저자의 삶에 완벽히 부응하는 최고의 타이틀이 아닐 수 없다. 내가 아는 한, 혁명을 꿈꾸고 실천하다 그 혁명에 좌절한 후 화가로 변신하여 못 이룬 혁명의 열정을 미술로 승화시킨 인물은 달리 없다. 가령 프리다 칼로의 남편으로도 유명한 멕시코 미술계의 거장 디에고 리베라의 경우도, 미술을 통해 멕시코 혁명의 기운을 담아내고 전하려 했지만 스스로가 혁명가로서 혁명의 꿈을 예술로 승화시킨 인물은 아니다.

저자 남진현은 내 고등학교 1년 후배다. 대학은 내가 재수를 해 81학번 동기다. 우리 둘은 공대생과 인문대생으로서 그저 동문 모임에서 신입생 시절 얼굴을 몇 번 마주한 정도였을 뿐이다. 그는 학생 운동에 투신하면서 혁명의 길을 걸어간 반면 나는 어릴 적부터 즐겨봐 오던 영화를 본격적으로 공부하기 시작하면서 문화예술계로 빠져들어 갔다. 그 이후 40여 년간 우리는 단 한 번의 만남도 연락도 없었다.

우리가 다시 조우한 것은 2023년 5월 인사동에서 열린 그의 다섯 번째 개인전에서였다. 고교 총동문회 단톡방에서 전시 소식을 접한 나는, 그의 그림들 이전에 그의 파란만장한 이력에 눈길이 쏠렸다. 그 '악명 높은' 남한사회주의노동자동맹사건, 약칭해 '사노맹사건'(社勞盟事件)으로 1990년부터 8년 동안 복역을 했다는 게 아닌가. 검색을 해봤다. 이렇게 요약돼 있었다. "사노맹의 중앙상임위원 남진현 등 40여 명의 구속과 150여 명의 수배를 발표한 사건." 내친김에 좀 더 부연을 해보자. 1990년 10월 30일 국가안전기획부(현 국가정보원)에서 발표했다. 6·25전쟁 이후 남한에서 자생적으로 성장한 최대의 비합법 사회주의 혁명조직이었다. 그 조직은 오랜 노동 현장 경험이 있는 학생

운동출신자들과 1980년대 이후 혁명적 활동가로 성장한 선진노동자들이 결합해, 1988년 4월 '사노맹출범준비위원회'를 결성하고 사회주의를 내건 노동자계급의 전위정당 건설을 목표로 삼았다. 1989년 초까지 조직 정비 및 훈련에 집중하고, 이후 대중 사업의 활성화에 나서 경인 지역 외에도 마산·창원·울산·부산·포항·대구·구미 등으로 조직을 확대해 나갔다. 조직체계는 중앙위원회·편집위원회·조직위원회·지방위원회 등의 정규조직과 노동문학사·노동자대학·민주주의학생연맹 등의 외곽조직으로 이루어져 있었다. 그러나 1990년 이후 계속되는 공개수배와 검거 과정에서 1991년 4월 3일에 중앙상임위원 박기평(필명 박노해) 등 11명이, 1992년 4월 29일에는 중앙상임위원장 백태웅 등 39명이 구속됨으로써 사실상 그 사건은 종결됐다. (이상 네이버 지식백과, 두산백과 참고·인용)

그 주인공을 당장 만나고 싶었다. 작심하고 전시장을 찾았다. 42년 만의 재회였지만 사람 좋아 보이는 예의 선한 인상은 그대로였다. 혁명의 정신을 가슴에 담고 있는 예술가의, 조금이라도 더 좋은 세상을 향해 '피 땀 눈물'을 흘리

길 주저하지 않았던 실천가다운 진지한 표정과 몸가짐 등
이 즉시 나를 사로잡았다.

한국현대문학의 대표 주자 황석영 선생님은, 《황석영의
한국 명단편 101》(2015, 문학동네) '펴내며'에서 "누구에
게나 일생에 절창은 하나씩 있다"라면서, "작품에는 당대
사람들의 사는 이야기가 포착되어 기억되고 있으나, 그것
을 형상화해 낸 작가의 개인사가 중첩되면서 그야말로 개
인과 집단의 사회사요 역사에 일일이 기록할 수 없는 미시
사로서 가치가 있기 때문"에 "이 단편선집을 엮으면서 작
가들의 인생사에 더욱 주목했다"라고 밝혔다. 나도 남진현
의 과거 인생사가 자못 궁금했다. 그 속으로 보다 더 깊숙
이 들어가고 싶었다. 언제고 그의 인생사를 책으로 엮어내
고, 영화로도 빚어내면 좋겠다고 생각하던 차였다. 한데 그
책이 이렇게 세상 빛을 본다니, 어찌 반갑지 않을 수 있겠
는가.

그는 시쳇말로 '볼매'다. 보면 볼수록 그만의 매혹
(Attraction/s)이 배어난다. 그는 비판적 문제의식을 결코

포기하지 않으면서도, 삶을 긍정하고 감사할 줄 안다. 그는 자신감과 겸손함을 겸비하고 있는 흔치 않은 예술가요 인격체다.

〈Human, Human, Human〉에서 그는 이렇게 말한다. "'개인의 자유와 공존하는 공동체주의'는 이미 문명사회가 나아가고 있는 합의된 길이다. 전 국민 의료보험 제도와 똑같은 정신으로 전 국민 기본소득의 도입이 추진되어야 한다고 나는 믿는다. '전 국민 기본소득'이야말로 21세기형 사회주의'라고 표현할 수도 있을 것이다. 공동체주의의 과잉이 전체주의라면, 우리 사회는 여전히 공동체주의의 과부족이 문제인 사회이다. 미국식 의료보험제도의 야만성을 인정하는 당신은 잠재적 기본소득 찬성론자이다." 저자의 정치·사회·문화적 지향·가치관이 단적으로 드러나는 지점이다.

나는 그의 인생사 못지않게 그의 그림들 또한 사랑한다. 무엇보다 내게 사유를 자극·촉구하는 사상성·사연성에 내 감각과 감성, 지성이 가닿는다. 풍경, 정물, (사실적) 초상화

등과는 거리가 멀어도 한참 먼 그의 비구상화들과 처음 대면했을 때 그들은 내게 말을 건네왔다.

그 중 〈한 점 부끄럼 없이〉가 강렬히 기억에 머물러 있다. '죽는 날까지 하늘을 우러러 한 점 부끄럼이 없기를' 바랐던 시인 윤동주의 '서시'에서 제목을 차용할 정도로 "오랜 감옥 생활 속에서 윤동주의 '서시'를 사랑했다"는 저자에게는, 청주 시절 편지를 주고받던 두 자매가 있었다. 초등학생과 유치원생으로, 동생은 그와 편지를 주고받으며 한글을 떼었다고 했다. 그는 "자매에게 편지 쓸 때의 내 마음처럼 느껴지는 그림"이라고 했다. 그래서일까, "어린아이의 작품인 듯 단순해 보이면서도 나름대로 울림이 깊다." 색감 역시 마찬가지다. 상대적으로 복잡하고 무겁고 어두운 여느 그림들과 달리, 비교적 밝고 경쾌하며 다채로우면서도 소박하다.

가장 강렬히 매혹당한 그림은, 책의 첫 장을 장식하고 있는 〈혹독한 시절〉이다. "이목구비 어디도 닮은 구석 없지만 다들 나의 자화상이라 한다"는 문제의 그림. 첫 제목은

'1995년 제주'였단다. 그의 혹독했던 제주 시절—하지만 그 시절이 그를 적잖이 성숙시켰다고도 말한다—을 연상시켜서였단다. 그 시절의 색깔은 "저 그림 속의 푸른색이었다." 그 그림 앞에서 한참을 서서 응시하며 깊은 생각에 빠졌던 기억이 생생하다. 판매가 되지 않았다면, 그림값을 물어보고 제아무리 주머니 사정이 열악하더라도 할부로라도 구입하고 싶은 충동을 느꼈다면, 그 그림을 향한 내 애정을 이해할까. 섣부른 감상 대신 작가의 해설을 옮기련다. "두 눈은 고통 때문인지 슬픔 때문인지 초점을 잃었다. 그래도 서늘한 빛을 내며 앞을 바라보고 있다. 긴 코는 사색의 시간인 듯 고뇌의 깊이인 듯. 거친 머리카락은 마치 쇠창살 같구나. 파리한 입술은 다물어져 있고, 살점 없이 마른 볼은 무언가를 묻는 듯하다. 거칠고 투박한 붓질, 단순한 색감이지만 그림의 느낌이 묵직하다, 고 생각한다."

남진현의 그림들이 내게 사유를 촉구하지 않았더라면, 아마 전시장에서의 만남이 이후 계속 이어지지는 않았을 공산이 크다. 음주가무에 목숨 걸 듯이 하는 나와 대조적으로, 그는 술을 즐기지 않는다. 그런데도 지난 5월의 재회 이후 넉 달 동안 열 번은 족히 넘게 만나온 것은, 더욱이 미술 비전문가인 내게 책 추천사를 그가 부탁한 것은, 내가 그의 그림들을 그 누구 못잖게 좋아하기 때문 아니겠는가.

서른 점의 그림에 대한 저자의 촌철살인적 해설은 책 읽기의 재미를 넘어 그림에 대한 이해를 힘껏 제고·심화시켜 준다. 작가의 그림에 해당하는 것만은 아니다. 다른 작가 다른 그림에 적용해 본다면, 좋은 그림 읽기 훈련이 될 수 있을 성도 싶다. 그 해설에 곁들여 상술되는 남진현의 인생사는 그야말로 여느 잘 쓰인 소설 한 편 내지 영화 대본 못잖게 흥미진진하다. 결국 내가 언제고 만들고 싶은 그에 관한 영화 시나리오의 밑그림이 주어진 셈이다.

30년 구력의 영화 비평가로서 평하건대, 자신의 그림들에 일련의 영화들을 연결시키며 곁들인 감상평들도 주목할 만하다. 조나단 드미 감독 톰 행크스, 덴젤 워싱턴 주연의 〈필라델피아〉(1993)를 〈혼미한 세계〉에, 쿠엔틴 타란티노의 〈저수지의 개들〉(1992)과 짐 자무쉬의 〈천국보다 낯선〉(1984)을 〈어긋난 세계〉에, 이창동 감독 전도연, 송강

호 주연의 〈밀양〉(2007)을 〈흔들리는 인간〉에, 크리스토퍼 놀란의 최신작 〈오펜하이머〉(2023)를 〈부조리한 세계〉에 연계지은 것이야 충분히 그럴수 있다고 치자. 윤제균 감독의 뮤지컬 영화 〈영웅〉(2022)을 〈젊은 날의 눈물〉에, 지독한 독립 영화꾼 이승원 감독의 〈해피뻐스데이〉(2017)를 〈사람의 아들〉에 접목한 통찰엔 감탄하지 않을 수 없다. 어찌 이 저서를 '강추'하지 않을 수 있겠는가. 백문이 불여일독, 이다.

전찬일(영화 평론가, 경기영상위원회 위원장)

대학생이 되어 세상에 눈을 뜨고 학생 운동에 참여하기 시작한 지 40여 년이 흘렀다. 처음에는 주위 많은 선배와 친구들이 걷는 길에 나도 동참한 것뿐이었다. 하지만 세월이 지나 그동안 걸어온 길을 되돌아보니 언제부터인가 나만의 길이 되어 있었다. 이 시대를 나처럼 살아온 사람도 있음을 알릴 수 있어서 기쁘다.

이 책은 나의 그림을 소개하는 책이기도 하고, 그림을 구실로 나의 살아온 인생 이야기를 들려주는 책이기도 하고, 그림과 연결하여 몇몇 좋은 영화들에 대한 감상을 나누자는 책이기도 하고, 그림을 매개로 삶과 세계에 관해 함께 생각해 보는 책이기도 하다. 당신의 휴식 시간을 좀 더 풍

요롭고 진지하게 만들어 드리려는 책이기도 하다.

내게 늘 중요했던 것은 '스스로에게 떳떳하기'였다. 사람은 남을 속일 수는 있어도 자기 자신을 속일 수는 없다. 남에게 나의 치부를 가린다 해도 내가 모를 수는 없다. 언제가 되든 세상 떠나며 마지막 숨을 내뱉을 때, 부끄러운 구석 없지 않았지만 대체로 당당하고 치열하게 한 생을 살아왔다고 자평하리라, 그렇게 노력해 왔다.

첫 전시회를 가진 지 이제 10년밖에 되지 않았고 화가라 불리는 게 여전히 어색하다. 순간순간의 느낌에 충실하며 열심히 그린다고 그렸지만 아직도 부족함을 느낀다. 앞으로 더 나은 더 훌륭한 작품들을 창조하고 싶다. 이 책에는 다섯 번의 개인전에서 발표한 작품들 가운데, 그나마 덜 쑥스러운 작품들을 골라서 실었다.

나는 늘 혼자 결정하고 혼자 행동하고 혼자 감내하며 살아왔다. 그런데도 나 역시 많은 이들에게 빚을 지고 있다. 내 안의 것을 그림으로 드러내 표현할 수 있도록 수년간 가르쳐주신 서양화가 권녕호 선생님께 먼저 감사의 인사를 드린다. 무명화가인 나의 작품들을 흔쾌히 사 주신 분들, 아낌없는 칭찬으로 격려해주신 분들께도 이 지면을 빌려 감사드린다. 젊은 시절을 함께하고 지금껏 관심과 애정을 보내주는 사노맹의 여러 동지, 그리고 서울대 '국경'의 선후배와 동기들께도 우정과 감사의 인사를 전한다. 최근의 전시를 계기로 수십 년 만에 재회한 이후 열정적으로 응원해주고 도와주고 계신 전찬일 선배께 특히 감사드린다. 잘 팔리지도 않을 것 같은 책을 출판해주기로 허락한 빈빈책방의 박유상 대표에게도 감사하다.

독자 여러분께 실망을 주지 않을 그림과 글들이면 좋겠다. 전시 때와 다르게 제목이 붙여진 작품들이 여럿 있다. 감상을 돕기 위한 것으로 너그러운 양해를 구한다.

2023년 9월
남진현

목차

혹독한

시절

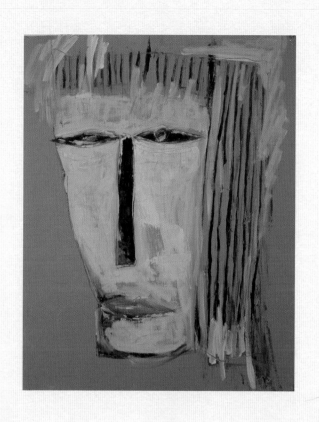

혹독한 시절
73cm*91cm 캔버스에 아크릴, 연필 2012년

첫 개인전에서 발표한, 가장 많은 사랑을 받은 대표작이다. 이목구비 어디도 닮은 구석은 없지만 다들 나의 자화상이라 한다. 내가 살아온 삶의 역사와 닮았음인가?

두 눈은 고통 때문인지 슬픔 때문인지 초점을 잃었다. 그래도 서늘한 빛을 내며 앞을 바라보고 있다. 긴 코는 사색의 시간인 듯 고뇌의 깊이인 듯. 거친 머리카락은 마치 쇠창살 같구나. 파리한 입술은 다물어져 있고, 살점 없이 마른 볼은 무언가를 묻는 듯하다. 거칠고 투박한 붓질, 단순한 색감이지만 그림의 느낌이 묵직하다, 고 생각한다.

2012년 전시에서 이 작품의 제목은 '1995년 제주'였다. 나의 혹독했던 제주 시절을 연상케 했기에. 누구에게나 혹독한 시절이라 할만한 시간이 있었으리라. 나의 가장 혹독했던 시절의 색깔은 저 그림의 푸른색이었다.

만 스물일곱부터 서른다섯까지 나는 8년의 세월을 감옥에서 살았다. 이 나라 국가보안법은 나의 머릿속 생각을 불법으로 다스려 내 몸을 가두었다. 나는 그중 3년 시간을 제주에서 보냈다.

제주에서 나는 혼자였다. 입을 벌려 대화 나눌 상대라곤 아무도 없이 나는 혼자였다. 내가 제주에 갔을 때 공안수는 아무도 없었고 내가 있는 3년의 세월 동안 단 한 명의 정치범도 육지에서 오지 않았다. 제주교도소 1사하 24방. 대한민국 최남단 교도소 가장 끄트머리의 한 평 남짓한 감방 안이 나의 세상 전부였다. 흰 벽과 창살만이 내 곁에 있었다. 내가 할 수 있는 거라곤 독서와 사색뿐이었다.

남쪽을 보면 한라산의 품 안이었다. 어머니의 무릎 위에 올라 누운 아기가 된 듯한 느낌. 북쪽의 하늘에서는 제주공항에서 이륙한 비행기들이 사선을 그리며 오른쪽 위로 날아올랐다. 늘 일정한 각도. 30도쯤 되었을까. 착륙하는 비행기는 시야에 들어오지 않았다. 담장에 가려, 망루에 가려 보이지 않았겠지.

악몽을 꾸기 시작한 것도 제주에서부터였다. 타고 있는 엘리베이터가 올라간다. 계속해서 올라가기만 하는 엘리베이터. 엘리베이터는 건물 위 허공을 뚫으며 자꾸만 올라간다. 또는, 엘리베이터 바닥 한가운데에 사각형의 구멍이 생긴다. 구멍이 점점 커진다. 나는 떨어지지 않으려 벽면에 매달려 안간힘을 쓴다.

겨울이 오면 제주에도 눈이 내렸다. 하얗게 쌓인 눈 위로 핏빛처럼 검붉은 동백 꽃잎이 떨어져 있는 장면은 섬뜩하게 아름다웠다. 어느 가을날 안개 낀 운동장을 빼곡히 덮은 빨간 고추잠자리 떼의 기억. 천적의 부재가 원인인 듯 아마도 독수리가 저만하겠다 싶게 거대한 까마귀들은 사람도 낚아채 갈 수 있을 듯 보였다. 저 까마귀를 타고 감옥을 벗어날 수 있다면 하는 잠깐의 헛된 상상. 장마철에 장대비가 억수같이 퍼붓는 밤, 굳게 잠긴 감방 안으로까지 들려오던 거칠게 소용돌이치며 내려가는 계곡의 물소리.

폐방 후 6시 무렵이면 편지가 배달됐다. 교도관의 구두 발자국 소리가 저벅저벅 들려오다 '탁!' 하고 식구통 여닫는 소리, 또다시 저벅저벅, 탁! 그렇게 가까이 다가오던 발소리 가 어느 순간 멀어져가면 내게는 그날도 편지가 없었다.

책을 빌리러 2층 예배당 옆에 있는 도서관에 갔던 어느 날. 창문으로 다가가 밖을 내다보았다. 부속 건물들 사이로 무언가 특별한 것이 보이는 듯했다. 저게 무얼까? 건물들에 가려 작은 사각형 모양으로만 남은 짙은 푸른 빛을 띤 그것 은, 제주의 바다였다. '아, 바다다!' 그 순간의 감동이란 말 로 표현할 수가 없었다. 깊은 감옥 속에서 자유의 향기를, 나는 그렇게 아주 잠깐 맡을 수 있었다. 그 순간의 감동은 30년이 지나도록 내 가슴 속에 남아 있다.

나는 그렇게 제주에서 혼자 살았다. 약 천이백 일 동안.

나를

찾아서

나를 찾아서
53cm*45cm 캔버스에 혼합재료 2014년

예술은 인간에게 무엇인가? 예술은 인생의 아무런 문제도 실질적으로 해결해주지 않는다. 그런데도 우리는 예술을 찾는다. 예술은 우리를 사색하게 한다. 과거를 회고하게 하고 현재에 물음표를 던지게 해 준다. 예술은 그렇게 질문을 던지고 우리는 예술 앞에서 '나'를 찾는다.

두 번째 개인전에서는 한지를 배접한 작품들을 선보였다. 나는 대부분 실패작으로 평가했고, 〈나를 찾아서〉가 나의 작품 리스트에 살아남은 유일한 작품이다.

사람의 얼굴을 연상케 하지만 형태가 뚜렷하지 않다. 하나뿐인 눈은 초점이 없고 입은 어디에 있는지 알 수 없다. 그저 몇 가닥 선과 모호한 형상들뿐이지만 넓은 여백과 함께 보는 이에게 질문을 던지는 듯하다.

나는 누구인가? 나는 지금 올바로 살고 있는가? 나는 어디로 나아가야 하는가?

순진무구한 소년이었던 나는 대학에 들어와 이 나라를 짓밟고 있는 군사독재정권에 눈을 떴다. 순수함과 열정으로 민주주의를 위한 투사의 길로 나섰다. 세상은 자본의 논리가 지배하는 곳이었다. 나는 인간이 주인으로 대접받는 새로운 세상을 꿈꿨다.

　감옥에 들어와 깨달았다. 인간이란 이기적 욕망에 따라 움직이는 동물적 한계를 벗어날 수 없는 존재라는 사실을. 신적 존재로까지 스스로를 진화시킬 수 없는 인간은 완전히 새로운 사회의 주인이 될 자격이 없는 존재라는 것을. 그래서 절망했다. 이 모순과 부조리로 가득 찬 세상을 운명처럼 견디며 살아가야 한다는 사실이 슬펐다.

　이제 의회를 통한 점진적 개혁의 길을 역사가 제시한다

고 해석했다. 현실정치인의 관점에서 준비했다. 자청해서 전향서를 썼고 사법시험을 준비하기 시작했다. 그렇게 일 년여. 나는 다시 나아갈 길을 바꿔야 했다.

거짓 웃음 지으며 악수를 하고 표를 달라고 호소하는 모 습은 나의 것이 아니었다. 자기 권력욕에 불과한 것을 유권 자의 현명한 선택이라 속여야 했고, 남을 잘 속이려면 자기 자신부터 속여야 했다. 이런 삶이야말로 희생이었다. 이렇 게까지 나를 희생시키고 싶지 않았다. 지금껏 역사의 부름 에 충실했지만 이런 희생이 역사의 요구라면 더 이상 따를 수 없었다. 나는 역사의 요구를 거부했다.

그리고 나는 반성했다. 혁명의 길은 자기 몸을 온전히 내 던지는 길이었다. 그 길을 포기하게 되자 내 안에서 억압되 어 있던 권력욕, 혹은 명예욕 같은 것이 꿈틀거리며 빈틈을 비집고 올라왔던 것은 아니었는지. 역사의 새로운 요구에 부응한다는 마음과 오래도록 눌려온 개인적 욕망이 내 안 에서 모종의 음험한 결탁을 이루었던 것은 아니었는지. 그 런 결탁과 야합은 충분히 가능한 일이었다. 나도 평범한 인간일 뿐인 것을.

나는 역사로부터 자유인이 되면서 동시에 내 안의 개인적 욕망들과의 싸움도 전개해야 했다. 권력욕도 명예욕도 나를 지배하게 용인해서는 안 되었다. 지식욕 또한 부질없는 허영심일 뿐이었다. 책에 대한 미련을 비웠다.

'혁명에 좌절한 이상주의자여, 네가 갈 길은 예술이다.' 제주에서의 사색의 시간은 나에게 이런 결론을 내려주었다. 그렇게 나는 나의 길을 찾아갔다.

혼미한

세계

혼미한 세계
80cm*60cm 판넬에 아크릴, 오일파스텔 2022년

우리가 사는 세계는 단순하지 않다. 복잡하고 혼란하다. 우리가 사는 세계는 우리에게 친절하지 않다. 오히려 인간을 모순된 상황으로 끌고 가고 인간에게 고통을 안긴다. 이런 현실을 외면한 채 도피와 위안만을 찾는 예술은 나의 예술이 아니다. 예술은 나의 사회적 발언. 나는 세상을 기만하는 역할을 하고 싶지 않다. 나는 오히려 거짓을 거짓이라 할 것이고 모순을 모순이라 할 것이다. 다만 허공에 흩어지는 말이 아닌 나의 그림으로.

이 혼미하고 모순된 세계 속에서 마음으로 혹은 몸으로 고통받는 이들이여, 나의 그림이 당신들에게 공감으로 다가가기를 소망한다. 현실에 대한 외면이 아니라 현실의 부조리에 대한 예술적 직관, 회화적 은유로써 당신에게 위로가 되기를 희망한다.

이 그림은 현실의 복잡성을 표현하고 있지만 의도하지 않게 서정적인 안정감도 주는 듯하다. 그래서 나도 좋아한다.

제주교도소에서 나는 건드리지만 않으면 늘 말없이 조용한 수인이었다. 소당국도 입소 후 얼마의 시간이 흐르자 안심했는지, 일반수들의 영화감상 시간에 나를 옆에 앉혀주었다. 그때 만난 영화 〈필라델피아〉.

앤드루는 필라델피아에서 가장 큰 로펌의 선임 변호사이다. 그는 동성애자이자 에이즈 환자인데, 동성애를 혐오하는 회사 경영진들에게 자신의 병을 감추고 일한다. 그러나한 중역이 그의 병세를 눈치챈다. 어느 날 앤드루는 소송서류 분실사건을 겪게 되고, 회사는 그를 해고한다. 이 분실사건이 자신을 해고하기 위해 회사 내의 누군가가 꾸민 것이며 부당해고를 당했다고 판단한 앤드루는 여러 변호사에게 부당해고 배상소송을 의뢰하려 한다. 변호사들은 거대 로펌에 맞서는 것을 모두 거절한다. 그는 흑인 변호사

밀러에게도 찾아갔지만 거절당한다. 그런데 얼마 후 밀러는 법학도서관에서 앤드루와 마주친다. 밀러는 도서관 직원의 흑인에 대한 편견 섞인 시선을 참는다. 앤드루가 에이즈 관련 자료를 도서관 직원에게 주문하자, 앤드루가 에이즈 환자라는 것을 눈치챈 도서관 직원이 같은 시선을 던지는 것을 본 밀러는 앤드루의 문제가 인권의 문제라는 것을 자각하게 되어 소송을 맡기로 한다.

의뢰인이 에이즈로 죽어가는 상황에서 부당해고에 맞서 법정투쟁을 벌이는 변호사. 싸움에서 이긴다고 삶을 찾을 수 있는 게 아닌 상황임에도 그 싸움에 지지 않으려 투쟁하는 이의 절망적인 처절함. 비록 죽음을 앞둔 상황은 아니었으나 철저히 고립되어 홀로 버티고 있던 나에게 그 영화는 큰 공감을 주었다.

일주일에 한 번꼴로 교무과의 담당 교회사는 나를 사무실로 불러주었다. 나는 폭풍처럼 수다를 떨곤 했다. 그러다 감방으로 돌아오면 내 입은 다시 일주일 동안 밥 먹을 때 말고는 열릴 일이 거의 없었다. 혼자 밥 먹고 혼자 방을 지키다 혼자 운동하고, 혼자 눕는다. 언제 끝날지는 알 수 없다. 책을 읽고 사색하는 데 집중하지 못했다면 그 절대적인 고립을 어떻게 참아낼 수 있었을지 상상하기 어렵다. 그런 처지에서 이 영화 주인공의 상황은 커다란 공감이고 위로였다.

검붉은 조명이 실내 전체를 물들이면서 음악이 나오고 주인공의 "오, 첼로!" 하는 독백. 나는 짜릿한 전율과 함께 이 장면을 마주했다. 처절하되 희망이 보이지 않는 것이야말로 비극이었다. 톰 행크스 주연의 이 영화는 내 인생의 특별한 상황에서 만났기에 내가 특별히 기억하는 영화가 되었다.

그리스인

조르바

그리스인 조르바

60cm*72cm 캔버스에 아크릴, 종이 2020년

《그리스인 조르바》는 내가 가장 좋아하는 소설이다. 그를 닮고 싶었다. 올곧게 앞으로 나아가고 싶었고, 자유롭고 싶었다. 그러나 세상은 복잡하고 모순적이고 부조리했다. 세상은 인간을 복잡하게 만들고 인간을 모순적으로 행동하게 만든다. 하지만 어찌 세상 탓을 하랴. 인간이란 존재가 모순적인 존재인 것을. 인간 자체가 부조리한 존재인 것을.

'구성주의' 양식의 첫 작품이었다. 인간의 다면성, 모순성, 복잡성을 표현하고 싶었다. 화면을 기하학적으로 분할했다. 서로 나뉜 각각의 면들이 의지하면서도 서로 대립하고 충돌하도록 그리고 싶었다. 시선의 방향도 알 수 없게 표현하고자 했다. 인간의 분노와 슬픔도 담고 싶었다. 인간이 살아가는 이 세상에 대해 심각하고 진지한 사색을 유도해 보고 싶었다.

이 작품은 나의 가장 가까운 동지가 구매하여 소장하고 있다. 그는 밴쿠버에 이어서 하와이에서 법학 교수로 일하고 있다. 그는 25년째 사실상의 망명생활 중이다. 어서 돌아올 수 있기를 빈다.

징역 12년을 선고받고 상고심이 진행되는 동안 나는 대구교도소에 머물고 있었다. 대구는 대구였다. 다른 지역에서는 교도관들이 개인적으로는 대체로 공안수에게 우호적이었다. 그러나 대구는 거의 모든 교도관이 정치범들을 절도범이나 조직폭력배들과 하등 다를 바 없이 대했다. 매일 얼굴 보는 사동 담당조차 나를 대하는 표정은 언제나 싸늘하기 그지없었다.

이런저런 일로 공안수 학생들과 소당국의 작은 마찰들이 쌓이고 있었다. 어느 날 보안과장이 도발을 감행했다. 경비교도대를 동원해서 공안수들에 대한 검방을 집행한 것이다. 군대에 징집된 인원 중 법무부로 차출된 경비교도대원들은, 그 젊은 나이 때문에 어떤 사고가 발생할지 알 수 없기도 하지만 애초에 재소자들에 대한 검방에 투입하는 조직이 아니다. 더구나 공안수들은, 일반수들과 달리 싸움을 위해 흉기를 준비한다든가 담배를 거래한다든가 하는 경우가 없고 오히려 불필요한 마찰만 일으킬 수 있으므로 대체로 검방을 하지 않는다. 그런데 모든 공안수 방에 대해 일제히, 그것도 경비교도대원들을 동원하여 검방을 실행한다는 것은 고의로 충돌을 일으켜 강력한 탄압을 벌이겠다는 도발 행위일 수밖에 없었다.

이를 계기로 대부분이 학생인 십 수명의 공안수들이 징벌방에서 단체로 단식투쟁을 벌이는 사태가 전개되었다. 단식투쟁이 일주일 넘도록 장기화하면서 민가협 어머님들과 국회의원들까지 찾아와 항의하는 상황이 되었고, 보안과장은 학생대표를 불러 협상을 모색했다. 학생들의 선배격으로 일종의 추인을 위해 보안과장실로 불려 가게 된 나는, '경비교도대 검방 사건의 사과와 재발 방지'만 쏙 빠진 협상안을 듣게 되었다. 나는 기가 막혔다. '애들이 뭐라고 하겠냐?' 너무도 굴욕적인 야합이었다. 보안과장의 마지막 체면은 지켜주자는 생각이었겠지만, 우리의 정당한 투쟁을 그렇게 무원칙한 타협으로 매듭짓는 것은 용납할 수 없는 일이었다. 보안과장의 부당한 도발 행위에 대해서는 분명히 잘못을 인정하고 사과하게 만들어야 했다. 그걸 위해 싸운 것인데 어찌...! 결국 다음날 국회의원들도 함께 자리한 소장실에서 소장은, "안 됩니다!" 하는 보안과장의 절규를 외면하며 모든 요구사항을 들어주기로 약속했다. 싸움은 끝났고 우리는 모두 각자의 방으로 돌아갔다. 일주일 뒤 나는 제주교도소로 이송되었다.

영화 〈1987〉에서 유해진이 연기한 교도관 안유가 내가 만난 그 보안과장이었다. 그는 아마도 나에 관해 '극악한 반사회적 분자로 절대적 격리가 필요함'이라고 보고서에 썼을 것이다. 제주도로 공안수를 이감 보내는 것은 전례 없는 유배 조치였다. 나는 나의 제주 시절을 가혹했지만 보람되고 아름다웠던 시절로 기억한다. 그러나 내 인생의 결과론으로 그때의 보안과장과 화해하고 싶지는 않다.

당시의 상황이 반복된다고 가정할 때, 나는 결과가 어떠하든 똑같은 선택을 하게 될 것이다. 옳은 것은 옳은 것이고 그른 것은 그른 것이다.

젊은 날

젊은 날
56cm*40cm 판넬에 아크릴, 오일파스텔 2022년

머리는 화려한 꽃들로 치장하고 있지만, 그 눈빛은 슬프다. 여전히 사색은 길고 고뇌는 깊구나. 그래도 홍조 띤 볼은 세상에 대한 희망인가?

나는 그림을 그릴 때 계획하지 않는다. 순간의 영감으로 몇 가닥 선을 긋고 거기서 다시 느낌을 얻어 더 많은 선을 넣거나 색을 입힌다. 이런 피드백을 거듭하며 그림 하나가 완성되기까지 대략 두 시간. 숨 쉬는 것도 잊을 정도로 집중하는 시간. 그 시간이 나를 살아있게 하고 행복하게 한다.

나는 지금 개인으로서 그 누구보다 행복하다. 그러나 세상은 인간이 행복한 삶을 영위할 수 있도록 도와주지 않는다. 오히려 다수 인간의 행복을 파괴하도록 작동하고 있다. 그러기에 나의 마음 또한 불행하다. 내가 어찌 행복을 노래할 수 있겠는가?

내 인생의 슬픈 기억으로 세상의 슬픈 현실을 은유할지언정.

혼자 있던 제주를 떠나 청주에 왔다. 청주는 7~8명의 공안수가 같은 사동에서 함께 생활하는 곳이었지만, 청주에서도 나는 다시 혼자였다. 옥바라지해 주던 사람이 5년 만에 떠나버린 것이다. 면회 길이 편해지라고 이감 신청을 하여 육지로 왔는데 한 번의 면회도 없이 편지 두 통만으로 나는 혼자가 되었다. 나는 절망했다. 나는 슬펐다.

때는 가을이 무르익던 시점이라 사동 옆에 붙은 작은 마당에는 아침마다 짙은 보라색 나팔꽃이 피어났다. 더 잘 자라라고 실을 이어 지지대를 만들어 주었더니 무럭무럭 자라났고 꽃은 더욱 여러 송이가 피어났다. 아침이면 철창에 기대어 활짝 핀 나팔꽃을 보면서 마음을 달랬다. 아침에는 팽팽하게 피었다가 낮이면 시들고 다음 날 아침이면 다시 더 많은 꽃이 활짝 피어나는 '모닝 글로리'가 신기하고 아

름다웠다. 그저 무심히 바라보고만 있어도 평화와 안식이
오는 듯했다.

십수 년의 세월이 지나 어느 가을날 새로 이사 온 아파트
단지에서 내려오다 골목길 담벼락에서 나팔꽃을 만났다.
아, 얼마나 반가웠던지! 청주에서 함께 살던 대학 선배 C에
게 전화를 걸었다. "청주에서 보던 나팔꽃이 피었어요!" 그
의 대답은 나를 너무 실망케 했다. "청주에 나팔꽃이 있었
나요?" 지금도 그 담벼락에는 가을이 올 때가 되면 나팔꽃
이 피어나고 나는 C에게 전화를 걸까 말까 망설이곤 한다.

사동 옆 담장 밖으로는 가까이에 키 큰 나무 한 그루가
보였다. 유난히 검은색에 가깝게 짙은 빛깔이었고 붙어 있
는 잎이라고는 하나도 없었다. 그 벌거벗은 검은 나무는 마
치 침묵을 지키며 곁을 지켜주는 듯한 수호자처럼 내 마음
에 다가왔다. 내가 혼자인 것처럼 나무도 혼자였다. 내 마음
이 불타버린 재만 남은 것처럼 나무도 불타버린 듯 검은빛
이었다. 말없이 정 나누는 친구였다. 봄이 왔다. 여기저기서
신록이 피어나고 있었다. 나무는 여전히 검은 빛이었다. 그

러던 어느 날 나무가 갑자기 사라져 보이지 않았다. 벼락에 맞아 죽은 나무였고 철거되어 사라진 것이었다. 죽은 나무인지 알지 못했지만 내게 그건 중요하지 않았다. '그냥 그대로 둘 수는 없었을까.' 나는 나무와의 이별이 진심으로 슬펐다.

내 마음 속

풍경

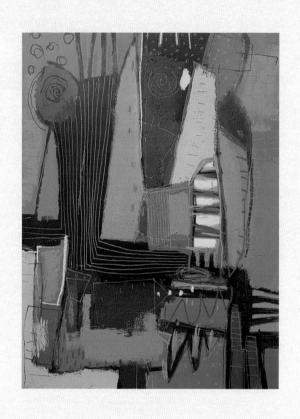

내 마음 속 풍경
80cm*60cm 판넬에 아크릴, 오일파스텔 2023년

이쁜 풍경화인 듯 느껴졌나 보다. 이 작품의 이름을 〈내 마음 속 풍경〉이라고 지은 것을 보면. 하늘과 바다도 보이고 숲도 보이고 꽃도 보이고 밤하늘과 별들도 보이고 건물도 보이고 거리도 보이고…. 그렇게 보자면 굳이 말리지는 않겠지만, 아니 사실 나 자신도 이 그림을 그렇게 즐기기도 하지만, 나는 풍경화에는 무관심한 화가이다. 나는 이 그림에서 우정과 신의, 대립과 갈등을 본다. 아니, 본다는 건 거짓말이다. 그냥 그런 걸 생각해 보곤 한다.

세상은 모순으로 가득 차 있지만 그래도 사람들 사이의 사랑과 우정, 믿음과 호의가 있어 살만한 곳이기도 하다. 물론 대립과 갈등의 관계 또한 공존하는 곳이 세상이다. 지혜와 숙고로써 대립과 갈등을 원만히 풀어갈 수 있다면 세상은 더욱 살만한 곳이 될 것이다.

이 그림, 어두운 가운데 이쁘다. 오른쪽 아래가, 청주교도소 시절 가꾼 우리들의 작은 텃밭처럼 이쁘다.

선배 C는 17방이었고, 동갑내기 노동운동가 K는 18방, 내가 19방이었다. 우리 셋은 모두 사노맹이었다. 함께 모여 점심도 먹었고 함께 운동했고 함께 많은 얘기를 나눴다. 텃밭을 일궈 배추와 상추와 케일과 쑥갓과 들깨와 수박과 딸기와 토마토를 길렀다. 우리 밭의 규모는 십만 평방센티미터에 육박했다. 서로 워낙 개성이 달랐기에 어느 날은 흥분하여 다투기도 했다. 남자는 싸우고 나서 친해진다는 걸 처음으로 경험했다. 요구르트를 이용해 막걸리를 만들어 건배도 나눴고, 함께 '임을 위한 행진곡'도 힘차게 불렀다. 설날과 추석에는 만둣국도 만들어 먹었다. 밀가루 반죽이 맛을 좌우했는데 반죽은 내가 최고였다. 선배 C는 걸어 다니는 백과사전이라 불렸다. 훗날 대학원에서 학위를 받고 서울대 교수로 일하고 있다. 안쏘니 퀸을 닮은 외모에 어떤 대학생 출신보다 더 지적이면서 섬세한 감성을 가진 친구

K는 고향에서 오래 지역운동을 하고 그 지역 시민운동의
대부가 되어 있다. 내가 전시회를 할 때마다 셋이 인사동에
모여 막걸리를 나눈다. 옥살이를 같이한, 세상에 흔하지 않
은 소중한 인연이다.

갈등과 대립도 있었다. 대표로 추대했으면 무조건 복종
하고 따라와야 하지 않느냐던 어떤 대학생의 '이상한 민주
주의'를 접하고 문화충격을 받기도 했고, 밀접한 공동생활
에서 오갈 수 있는 '민폐'에 무관심한 채 '내 징역 내가 사는
데 왜 간섭하느냐'며 극단적 개인주의를 보이던 동료와 답
답한 갈등을 겪던 일도 있었다.

그 작은 공동체 내에서도 패권을 쥘 욕심으로 나를 고립
시키던 이도 있었다. 관심 없었지만 겪어보니 그건 참으로
유쾌하지 않은 일이었다. 마침 소당국의 공안수 처우에 관
한 부당한 조치가 있었고 혼자 항의했고 혼자 단식하며 투
쟁했고, 그리고 이겼다. 그날 이후로 공동체는 조용하고 평
화로운 시골 마을로 돌아갔다.

'양보가 미덕이 아니다.' 양보는 선의에서 나온다. 선의를 행한 사람은 자신의 양보 행위를 기억한다. 그런데 양보를 받았던 사람이 그 선의를 기억하지 못하고 외면할 때 양보했던 사람은 서운하다. 마음에 상처가 된다. 그것이 인지상정이다. 그리고 그 서운함과 마음의 상처는 나중에 합리적이지 않은 형태로 터져 나오곤 한다. 그래서 갈등이 되고 다툼이 된다. 공동체의 평화를 위한다면 너무 함부로 양보하지 말 것. 인간의 한계성을 냉정히 인정하자는 나의 규칙이었다.

청주에서 함께 감옥 생활했던 대학생을 25년 만에 다시 만났다. 서울 모 대학의 총학생회장이었던 그는 공대 출신이었지만 나의 권유를 받아들여 사법시험을 보아 변호사가 되었다. 문재인 정부의 출범 때 청와대로 들어가 검찰개혁을 위해 애썼다. 그는 몇 년에 한 번씩 술에 취한 목소리로 내게 전화를 걸어오곤 했다. 보고 싶다는 독백 아닌 독백. 그가 자기의 인생에 가장 큰 영향을 준 한 사람으로 나를 기억한다고 정색을 하고 얘기한다. 황송하고 감사한 일이었다. 내가 헛살지 않았음을 인정받는 듯해서 기뻤다.

어긋난

세계

어긋난 세계
60cm*72cm 판넬에 아크릴과 종이 2021년

치밀한 구성으로 잘 짜인 영화를 볼 때 우리는 재미와 쾌감을 느낀다. 현실은 지루하거나 답답하거나 어긋나있다. 영화는 현실과 다른 세계이고, 우리는 영화를 보면서 현실을 잊는다. 현실에 존재하지 않는 판타지를 우리는 돈을 내고 소비한다. 영화가 끝나면 다시 현실의 세계로 돌아와야 한다. 우리는 현실을 탈출하지 못한다. 물리적으로 탈출하지 못할 뿐 아니라 정신적으로도 탈출하지 못한다. 그저 일시적으로 외면했을 뿐 우리는 탈출한 것이 아니다.

  어쩌면 좋은 예술은 현실을 정신적으로 극복할 수 있게 해주기 때문에 좋은 예술인지도 모른다. 현실 세계의 본질을 꿰뚫는 정신적 능력을 예술을 통해 얻어낼 수 있다면, 그것이야말로 진정한 예술적 체험이라 할 것이다. 나는 이 작품으로 우리의 세계가 얼마나 복잡하고 모순적이고 어긋나 있는 곳인지 보이고자 했다. 현실 세계의 핵심을 정신적으로 음미해보고자 했다. 그런 상상력을 자극해보고 싶었다. 내가 가장 좋아하는 두 영화 〈저수지의 개들〉, 〈천국보다 낯선〉처럼.

청주에서 만난 〈저수지의 개들〉은 쿠엔틴 타란티노의 피 튀기는 갱영화이다. '창고의 개들'이 더 맞는 번역이라 한다. 식당에 모인 7명 갱의 의미 없는 수다. 보석 강도를 실행하지만 잠복한 경찰에게 총을 맞아 죽거나 다치는 갱들. 경찰의 귀를 잘라버리는 고문 장면에 깔리는 신나는 팝 음악. 경찰의 첩자라며 갱에게 총을 겨누고, 그럴 리 없다며 친구에게 총을 겨누고, 아버지를 지킨다고 총을 겨누고. 그러다 서로 쏘아 다 죽어버리고. 의심받던 갱이 결국 경찰임이 밝혀지고. 와중에 프로를 자처하던 갱은 혼자 보석을 들고 튀다 경찰에 붙잡히고. 아, 이 무슨 난장판이란 말인가!

그 상황이 너무도 아이러니하고 부조리하다. 이 영화가 내게 영락없는 철학 영화로 다가온 이유이다. 우리 삶과 이 세계에 대한 신랄한 상징이고 은유였다. 인간이라는 게 큰

일을 목전에 두고 의미 없는 시시껄렁한 수다에 웃고 화내는 그런 나약한 존재가 아니냐는 것. 삶이라는 게, 인간 세상이라는 게, 아귀가 딱딱 맞아떨어지는 정합적인 그런 것이 아니라, 차라리 이렇게 오해와 편견과 대립과 갈등으로 누구도 원하지 않는 기괴하고 불합리한 결과가 만들어지는 그런 곳 아니겠냐 하는 메시지. 내게는 그렇게 읽혔다.

짐 자무시 감독의 1984년 흑백영화 〈천국보다 낯선〉. 보기에 따라서는 참으로 재미없고 지루하기 짝이 없는 영화이다. 마치 흥미진진한 블록버스터 액션영화를 팍 거꾸로 엎어 뒤집어 놓고 그 뒷면을 즐기라는 영화 같다고나 할까. 영화의 주인공은 차라리 침묵과 어긋남이다. 승용차 안 세 사람 사이의 어색한 침묵, 바다를 보고 나란히 선 인물들 사이의 침묵. 뭔가 맞아떨어지는 것이라고는 하나도 없다. 엉뚱함, 우연, 어긋남만이 계속된다. 흑백필름 덕분에 우리는 그 모든 것을 거리를 두고 관조할 수 있다. 결국 저게 우리 인생이고 세계이구나 하는 사색도 그 덕분에 가능한 듯.

남녀가 등장하지만 거기에 사랑 이야기는 없다. 남녀 간의 사랑은 자식에 대한 부모의 사랑과 비교할 때 훨씬 짧고 변덕스럽고 이기적이다. 자식에 대한 부모의 사랑은 무조건적이고 대체로 죽을 때까지 계속된다. 그런데도 영화가 묘사하는 남녀 간의 사랑은 어떤 사랑보다 더 아름답고 고귀하다. 사랑에 대한 인간의 판타지 때문이다. 판타지는 욕망이다. 많은 영화가 인간의 욕망에 화답하여 사랑의 판타지를 그려서 보여준다. 사람들이 열광하고, 영화와 관객은 그렇게 상호 만족스러운 '거래'를 한다.

감독 짐 자무시는 어쩌면 이런 말을 하고 싶은 건지도 모른다. '눈앞에서 사라졌을 때 아쉬워할 수는 있지. 보고 싶어 할 수는 있지. 그런데 자기 목숨이라도 바칠 것처럼 사랑한다고? 왜 판타지에서만 아름다움을 찾으려고 해? 현실이라는 게 좀 씁쓸한 맛이 나는 게 사실이지만 그래도 거기에도 아름다움이 있잖아?'

한 점 부끄럼
없이

한 점 부끄럼 없이
56cm×40cm 판넬에 아크릴 2022년

'죽는 날까지 하늘을 우러러 한 점 부끄럼이 없기를.' 이 시구를 좋아하지 않는 사람이 없으리라. 우리 마음은 대체로 순수하다. 깨끗하고 아름답고 고귀한 것을 추구한다. 나 또한 오랜 감옥 생활 속에서 윤동주의 서시를 사랑했다. 한 점 부끄럼이 없는 삶을 살고자 했다.

이 그림이 처음부터 내 마음에 든 작품은 아니다. 새로 창작한 그림을 벽에 걸어두고 보면 하루나 이틀 만에 부끄러움 때문에 내려야 하는 그림도 허다하다. 어떤 그림은 수개월, 수년을 걸어두어도 하염없이 우러나오는 깊은 맛의 차처럼 그렇게 내내 감동을 주기도 한다. 이 작품은 그 사이 어딘가에 있지만 비교적 후자에 가깝다. 어린아이의 작품인 듯 단순해 보이면서도 나름대로 울림이 깊다.

청주 시절 편지를 주고받던 두 자매가 있었다. 초등학생과 유치원생이었다. 동생은 나와 편지를 주고받으며 한글을 떼었다고 했다. 자매에게 편지 쓸 때의 내 마음처럼 느껴지는 그림이다.

97년 7월 23일 우희에게

날이 너무 덥지? 지금 밖에서는 쓰르라미 우는 소리가 들려오는데 말이다. 그 소리가 마치 저 뜨거운 햇볕에 땅이 지글지글 끓어오르는 소리처럼 들리는구나. 우희는 이 가마솥 같은 더위를 어떻게 견디고 있니? 삼촌은 방도 혼자 쓰고 필요하면 언제든 샤워도 할 수 있지만, 두 평 남짓한 방에 열 명이 넘게 갇혀 있어야 하는 일반수들은 정말 불쌍하단다. 낮에도 물론 고생이지만 서로 몸을 꼭꼭 붙이고서야 누울 수 있는 밤에는 잠이나 제대로 잘 수 있겠니? '으악! 더워서 못 살겠다!' 하는 비명이 가끔 들려온단다. 나쁜 짓들을 저질러서 들어오긴 했지만 그래도 좀 불쌍하지? 나팔꽃이 무척이나 씩씩하게 자라는구나. 장갑의 실을 풀어서 기둥을 만들어줬었는데 그걸 다 타고 올라왔더구나. 그래서 그 위로 비스듬하게 실을 더 이어줬는데 며칠 후면 그

끝에까지 다 가게 생겼단다. 매일 아침 몇 송이씩 활짝 피는 저 보라색 예쁜 꽃을 보려면 계속 자랄 수 있게 해줘야 하는데 걱정이구나. 우희가 감기를 잘 이겨내서 삼촌이 기쁘구나. 토희는 눈이 다 나았니? 모두 다 건강하게 지내야지. 틀린 글자도 하나 없이 우희가 편지를 너무 예쁘게 써서 삼촌이 참 좋다.

97년 8월 3일 민희에게

오늘은 더위가 고개를 조금은 수그린 것 같구나. 바람도 선선하고 가랑비도 오락가락한다. 숨쉬기가 한결 자유스럽다는 느낌이 드는구나. 계곡에 가서 놀았다니 정말 즐거웠겠구나. 삼촌도 민희에게서 얘기 듣는 것만으로도 재미있다. 민희가 계곡물에서 잠수해 고기를 잡았고, 그 꽃가라지라는 고기를 민희와 우희가 막 소리를 질러대는 가운데 '아프리카원숭이'(별명이 너무 우습다)가 고추장을 찍어 입에 집어넣고… 눈앞에 그림이 그려지는 듯하구나. 그런 순간순간이 '인생'이라는 거란다. 삼촌은 여기서 일주일에 한 편씩 영화를 본단다. 〈마이크로 코스모스〉는 보았니? 개미와 달팽이, 말똥구리와 소금쟁이의 세계, 참 신비하지. 〈내 친구의 집은 어디인가〉라는 이란 영화가 있는데, 민희 또래의 소년이 주인공이란다. 한번 볼래? 민희가 삼촌을 좋아한다니 삼촌이 정말 기쁘구나. 삼촌도 민희가 좋단다. 얼굴도 예쁘고 마음씨도 착하고 축구도 대장이고. 삼촌과 민희는 친구다.

97년 8월 6일 우희에게

오늘 받은 편지를 읽어보고서야 알았구나. 우희와 민희가 엄마와 함께 삼촌을 만나보러 왔다가 그냥 돌아가야 했었다는 걸 말이다. 우희, 민희에게 미안하다. 그리고 삼촌한테 아무 소리 안 한 채 우희, 민희를 돌려보낸 직원에게 몹시 화가 나는구나. 앞으로는 절대로 그런 일이 없도록 단단히 약속을 받아 내야겠다. 엄마한테 삼촌이 미안해한다고 전해주겠니? 지금 밖에서 고양이가 자꾸 낑낑대는구나. 아침에 보니 어미 잃은 새끼 고양이가 있었단다. 우유를 따라주면서 우리가 길러볼까 하는 생각도 해봤지만, 우유에는 입도 안 대고 내내 불안에 떨고 있더구나. 그래서 어미 찾아가라고 밖으로 내주었단다. 어미가 어디 있는지 몰라 구석에 웅크린 채 낑낑대고만 있구나. 밤사이에 어미가 나타나서 새끼를 데려갔으면 좋겠다.

97년 8월 23일 민희에게

삼촌이 답장 쓰는 게 늦었구나. 며칠 동안 이런저런 생각으로 마음이 흔들리느라 여유를 갖지 못했단다. 어른들은 누구나 가슴 한구석에 묵직한 고민 한 덩어리씩은 품고 있는 법이란다. 그러다가 오늘 민희와 우희의 해맑은 얼굴을 마주하고 보니 삼촌 마음이 조금은 가벼워지는 듯하구나. 나팔꽃이 매일 아침 서른 송이, 마흔 송이씩 피는구나. 얼기설기 얽힌 넝쿨 사이로 고개를 내민 청보랏빛 꽃들이 무척이나 예쁘단다. 노랗고 빨간 채송화꽃들도 줄줄이 환한 웃음을 짓고 있고, 연보라색의 과꽃도 엊그제부터 활짝 피어나기 시작했단다. 사람의 마음도 이런 꽃들처럼만 예쁠 수 있다면 세상은 얼마나 아름다울까? 민희와 우희가 여름방학을 즐겁게 보내고 있어 삼촌도 기분이 좋구나. 즐거운 일에 즐거워하고 스스로에게 부끄러운 일은 하지 않고 남들 앞에서 당당하고... 민희가 하루하루를 이렇게 살아갔으면 좋겠구나.

97년 11월 9일 민희에게

민희 편지 받고 혼자서 많이 웃었단다. '그렇지만 저가 결혼을 하는 것이니까 저가 맘에 드는 남자를 골라야죠.' 정말 똑소리 나는 말이구나. 엄마는 박진영 같은 남자를 좋아하는가 본데 어떻게 해야 하나? 아빠한테 박진영 같은 멋진 춤을 배우게 하는 수밖에 없나? 그런데 민희야! 여자도 그렇겠지만 남자도 겉모습만으로는 알 수 없는 건데 어떻게 남자를 고를 생각이니? 아무리 키 크고 잘생겼어도 머리가 텅 비어있거나 가슴 속에 더러운 욕심만 가득 차 있는 남자라면 우리 민희를 행복하게 해줄 수 없지 않겠니?

복도의 수은주가 5도를 겨우 넘는구나. 햇볕이 비치는 바깥공기가 오히려 훈훈하게 느껴진다. 따뜻한 햇살이 그립구나.

98년 1월 8일 우희에게

우희가 오늘 삼촌에게 찾아와 줘서 정말 고마웠단다. 오늘 우희가 입은 한복이 너무 예쁘더구나. 색깔이 어쩌면 그렇게 곱던지. 학교 다닐 때도 그런 멋진 생활한복을 입고 다니면 어떻겠니? 친구들이 다들 부러워할 것 같구나. 우희가 언니 다니는 학교에 가게 되지 못해 몹시 서운한 모양이구나. 삼촌이 우희한테 한가지 가르쳐줄까? 우희가 보기에는 감옥 생활하는 삼촌이 혹시 불쌍하게 느껴지지 않니? 삼촌은 감옥에 들어오고 이렇게 칠 년이 넘도록 갇혀 살아온 것에 대해 오히려 고맙게 생각하고 있단다. 남들에게 어떻게 보이든, 삼촌은 지난 감옥 생활에서 많은 걸 느끼고 많은 걸 얻었단다. 정말로 중요한 건 자기가 마음을 어떻게 먹느냐 하는 거란다. 우희도 이미 결정된 이상 이 사직초등학교를 내 학교라고 생각하고 조금씩 관심과 사랑을 보내기 시작한다면 우희의 초등학교 생활은 아주 밝고 즐겁고 희망찬 생활이 될 거란다. 오늘 면회실에서 우희가 언니를 꼬집었는데 언니는 별로 화도 내지 않더구나. 우희와 언니가 평소에 아무리 티격태격하며 지내더라도 언니의 마음 깊은 곳에는 동생인 우희에 대한 사랑이 진하게 깔려 있다

는 것을 삼촌은 느낄 수 있었단다. 삼촌이 어릴 때 동생한

테 그랬으니까...

결박된

눈물

결박된 눈물

56cm*40cm 판넬에 아크릴, 오일파스텔 2022년

접접이 옭아매고 에워싼 형상들에 갇혀 울고 있는 듯한 얼굴이다. 웃고 싶지만 고통으로 눈물 흘릴 수밖에 없는 얼굴. 무엇이 인간을 고통스럽게 하는가? 고된 노동으로, 가족 간의 불화로, 사랑의 결핍으로, 갈등과 이별로, 돈을 둘러싼 갈등으로, 전쟁의 공포로, 정치적 핍박으로, 무시와 모욕으로, 거듭된 실패로, 뜻밖의 질병으로…. 세상은 불친절하고 인생길은 험난하다. 그리고 외롭다. 저마다 외로운 투쟁을 벌인다. 노동의 정당한 대가를 위해, 사랑을 얻기 위해, 인간으로 존중받기 위해, 다시 실패하지 않기 위해, 질병에서 벗어나기 위해, 정치적 핍박에서 벗어나기 위해…. 동물은 생존을 위해 싸운다. 동물의 싸움은 늘 목숨이 걸려 있지만 단순하다. 인간의 투쟁은 때로는 더 잔인하다. 인간의 투쟁은 더 복잡하다. 고통도 더 복잡하다.

이 그림은, 이쁘지 않다. 고통스럽다. 보는 이에게 고통을 전해준다. 내 딸들이 이 그림을 좋아하는 이유는 색감이 따뜻해서일까? 따뜻한 색감 속 고통의 절규. 아이러니이다.

검사가 부르거나 재판에 나갈 때 또는 이송 가게 될 때면 두 손목에 수갑을 차고 굵은 밧줄에 팔과 허리가 겹겹으로 묶였다. 이렇게 꽁꽁 묶일 때마다 역설적인 해방감이 가슴을 채우곤 했다. 내 몸뚱어리 자체가 투쟁의 전선이 되었다. 물러설 구석도 없었고 뒤돌아볼 미련도 남지 않았다. 그 몸 그대로 한 덩어리 돌멩이가 되어 저 한 줌 독재자들을 향해, 저 끝없는 탐욕의 화신들을 향해 내달려 가 던져지고 불타올라도 좋을 것 같았다.

나의 첫 이감은 1983년 12월. 어느 날 새벽 머리를 박박 밀린 채 호송버스에 태워졌다. 아직 해도 뜨지 않은 시간에 도착한 곳은 강남 고속버스터미널. 교도관 두 사람과 함께 청주행 고속버스에 올라타 맨 뒷자리로 가서 앉았다. 안내양이 있던 시절이었다. 승객들의 표를 받으며 우리에게 다가온 안내양은, 내 왼쪽 교도관에게서 표를 건네받고 시선을 위쪽으로 반원을 그리며 올렸다 내리더니 오른쪽 교도관에게서 표를 건네받았다. 흉악한 범죄자가 무서웠겠지. 청주에 도착했을 때는 한창 출근 시간대라 도시가 사람들로 붐볐다. 교도관들이 택시를 잡는 동안 나는 네거리 한복판에서 사람들 구경거리가 되었고, 나는 철없이 사람들을 구경했다.

수년이 흘러 두 번째 감옥 생활. 서울구치소에서 안양교도소로, 안양교도소에서 대구교도소로 가는 길은 모두 법무부 호송버스를 탔다. 철망으로 둘러싼 호송버스에 앉아서 움직이는 기분은 결코 유쾌하지 않았다. 철망 밖의 세상은 저마다 바삐 움직이고 있었고, 한낱 죄수들의 호송에 무관심했다. 저기 저 거리에 내 가까운 친구가 걷고 있다고 해도 나를 몰라보겠지. 나는 한 마리 짐승처럼 이렇게 묶여 끌려가는데 저 바깥세상에서는 저마다 자신의 일상을 살아갈 뿐이겠지. 나는 슬펐다.

1992년 초가을 대구. 호랑이처럼 무섭다고 유명한 나이

지긋한 관구계장이 나의 제주행 호송을 책임지게 되었다. 그는 자기 재량으로 해줄 수 있는 최대한의 호의를 베풀었다. 나는 이송복이 아닌 출소복으로 갈아입었다. 승용차가 교도소 정문을 빠져나가자마자 포승도 없던 내 손목의 수갑을 풀어주었다. 대구공항에 내려 두 교도관이 수속하러 간 사이 계장과 나는 2층 대합실로 올라갔다. 화장실에 가겠다고 하자 그의 대답은 태연했다. "다녀와." 계호자 없이 넓은 홀을 휘적휘적 팔을 저으며 가로질러 혼자 화장실로 걸어가면서 얼마나 낯설고 어색했던지. 나는 그렇게 법무부 예산을 이용해 생애 첫 비행기 여행을 했다.

3년이 흘렀고, 군산공항에 내린 우리 일행은 군산교도소에서 나오는 호송버스에 올라탔다. 정신질환 재소자를 중간에 치료감호소로 이송하느라 호송버스는 나에게 계룡산 구경을 시켜주었다. 하늘은 파랗게 맑았고 오직 청량한 산새 소리만이 울려 퍼지는 깊고 적막한 산이었다. 단풍이 막 물들기 시작하던 아름다운 산이었다. 바깥세상 구경을 잠깐 하고 나는 학생 때 잠깐 거처했던 청주교도소로 다시 들어갔다. 다시 청주에서 3년을 살았다.

젊은

목숨

젊은 목숨
117cm*91cm 캔버스에 아크릴, 오일파스텔 2023년

젊은 날들, 우리는 아무것도 두렵지 않았다. 우리의 가슴은 불의에 대한 분노로 들끓었고 새로운 세상에 대한 갈망으로 가득 차 있었다. 세상이 기득권이라 부르는 것을 아무 미련 없이 걷어찼다. 민주주의를 위한 투쟁의 길에 거리낌 없이 온몸을 내던졌다. 아, 나의 벗은 목숨까지 잃었다. 세월이 지났다. 사진 속 고인의 얼굴은 20대 초반의 새파란 그 얼굴 그대로이다. 벗이 떠난 지 올해로 40년. 우리는 올해도 제사를 지낸다.

이 그림은 한 줌 재로 바뀌어 떠나버린 벗, 영원히 스물세 살 청춘의 얼굴을 하고 있는 젊은 벗을 기리는 작품이다. 그의 심장은 뜨거웠고, 두 눈은 먼 길을 비췄으며, 굳게 다문 입술은 우리 청춘의 의지와 열정이었다. 우리들 가슴 속에 빛나는 벗의 젊은 얼굴을 추억한다.

벗의 이름을 불러본다. 아, 우리의 친구, 우리의 선배, 우리의 후배, 황정하여!

오늘도 11월 추모제 공연을 위한 합창 연습을 했다. '어두운 비 내려오면 처마 밑에 한 아이 울고 서 있네. 그 맑은 두 눈에 빗물 고이면 아름다운 그이는 사람이어라….' 소프라노, 알토, 베이스에 각각 한 사람씩 추가되어 한결 아름다운 화음이었다.

1983년 11월 8일, 형은 학내시위를 위해 도서관 난간으로 나오다 추락하여 사망하였다. 황정하 선배와 나를 포함한 공과대학의 여섯 명 대학생은 '전두환 정권 규탄 및 레이건 방한 반대' 시위를 조직하기로 뜻을 모으고 준비해 왔다. 시위 진압 특수부대인 '백골단'의 요원들이 캠퍼스의 요소요소에 대기하며 학생들을 감시하던 시절이었다. 시위를 조직하기 위해서는 건물의 난간에 올라 유인물을 뿌리고 확성기로 구호를 외쳐 학생들을 모이게 해야 했고, 또

시위대열 앞에서 구호를 선창하며 대열을 이끌어가기도 해야 했다. 선배는 185㎝가 넘는 키에 육중한 몸집을 가진 거구였다. 경찰이 난간에서 끌어 내리는 데 더 많은 시간이 필요하리라는 이유로 형이 다른 선배와 함께 오르기로 하였다. 사복경찰들은 잔디밭이나 벤치에만 있지 않았다. 도서관 열람실 안에까지 잠복하고 있었다. 두 선배가 창문으로 다가가 밧줄을 걸자 이미 사복경찰들이 에워싸며 다가오고 있었다. 형은 서둘러 나오다 밧줄을 놓쳐 추락하고 말았다. 시멘트 바닥에 머리를 부딪쳐 붉은 피를 흘리며 쓰러진 형의 육신은 한동안 전장의 전사자처럼 방치되어 있었다. 그들에게는 구조나 시신의 수습보다는 시위 진압이 우선이었다. 나를 포함한 5인의 학생들은 관악서를 거쳐 영등포구치소에 들어간 이후에야 형의 사망 소식을 들었다.

형은 부산 경남고를 수석 졸업하고 1979년 서울대 치과대학에 수석 합격하였으나 색약으로 탈락하여 다음 해 다시 서울대 공과대학 차석으로 입학한 수재였다. 졸업을 앞두고 있던 그는 나라의 민주화를 위한 투사의 길을 걷기로 결심했다. 그러나 이렇게 꽃다운 나이에 한 줌의 재로 변하게 될 줄을 어찌 알았으랴.

80년대 민주주의를 외치던 학생 운동의 과정에서 또는 비인간적 노동착취로부터의 해방을 외치다 스러져 간 숱한 희생자들이 이 땅의 역사 속에 있다. 우리는 그들을 기억하고 있는가? 누가 그들을 기억해 주는가?

오랜 감옥 생활 동안 내가 벗들에게 기대한 것은 나를 기억해달라는 것이었다. 저승의 고인들이 우리에게 바라는 게 있다면 이렇게 말하리라. '나를 잊지 말고 기억해 줘!'

역사는 기억하는 자의 것이다. 나는 죽는 날까지 나의 벗들을 기억할 것이고, 우리 투쟁의 역사를 기억할 것이다.

살아남은 자

살아남은 자
56cm*40cm 판넬에 아크릴, 오일파스텔 2022년

한때 캔버스보다 MDF 판넬을 좋아했다. 캔버스가 물감이 자기 위에 얹히는 걸 그저 허용하는 식이라면 이 MDF 판넬은 물감이 오면 마치 빨아 마실 듯 대한다. 판넬은 물감과 아무런 이질감 없이 일체가 되고 자신의 질감을 그대로 드러낸다. 그 느낌이 좋았다. 곰팡이에 약하다는 지적을 받은 후로는 사용하지 않지만 여전히 그 느낌에 미련이 크다. '엉뚱하지만' 민주주의를 향한 투쟁에 뛰어들던 우리 젊은 시절의 영혼이 그러하지 않았나 하는 생각을 한다. 우리는 아프고 굴곡진 역사를 아무런 이질감 없이 우리 자신의 역사로 인정하고 스스로를 그 속에 내던져 하나가 되었다.

뛰어난 작품이라고 생각하지는 않지만, 오래 두고 보고 있자니 전해지는 느낌이 있다. 천진해 보이기까지 하는 두 눈과 입술이 자꾸만 가슴에 들어온다. 순수했던 젊은 시절의 얼굴처럼 느껴진다. 순결한 영혼들의 몸과 마음에 남겨진 젊은 시절의 아픈 흔적들처럼 보이는 그림이다. 적어도 내게는 살아남은 자의 고통과 상처이다.

나는 매일 수영장을 다닌다. 무릎의 통증을 억제하면서 일상생활을 영위하기 위한 필수적인 생활 요소이다. 감옥 생활이 5년을 넘어갔을 시점에 처음 무릎에 통증을 느꼈다. 젊은 나이에 아무 생각 없이 보호대를 차고 운동을 했다. 출소 후 엑스레이를 찍어보니 퇴행성관절염이 심하게 진행된 상태였다. 감옥 생활은 내게 갓 서른 넘은 나이에 퇴행성 질환을 남겨 주었다.

같은 수영장에서 선배 C와 Y가 수영을 한다. C는 서울대 국사학과 출신으로 소아마비로 인한 중증 지체장애인이다. 휠체어 없이는 전혀 움직이지 못하는 몸이다. 수영을 하지 않으면 전신 근육의 위축과 퇴화가 온다고 의사의 경고를 받았다. 그는 그런 몸으로 국가보안법을 위반한 죄로 징역 7년을 선고받고 복역했다. 그는 '제헌의회그룹'의 리더 였다.

함께 구속되어 6년을 선고받고 옥살이를 한 서울대 수학 과 출신 선배 Y는 고문 후유증으로 출소 후에도 한참 동안 제대로 걷지를 못했다. 그는 나의 고교 선배로 문과에서 이 과로 전과하자마자 전교 1등을 해버려 전설이 된 존재이 다. 서울대에 30~70명의 합격생을 배출하던 학교였다. 요 즘 그가 수영장에 못 나온다. 어깨의 통증이 심해져 할머니 들과 함께 수중 체조만 하고 있단다. 젊은 시절 안기부에서 수사관들에게 온몸을 무수히 두들겨 맞으며 고문을 받았 던 그는 지금껏 근골격계 전반에 걸쳐 고통을 겪고 있다.

주위에서 종종 "서울대 출신들이 문제야, 돈과 권력들을 다 움켜쥐고 세상을 제멋대로 하잖아!"하는 소리를 듣는다. 내가 아는 많은 서울대 출신들은 이 나라의 민주화와 노동 해방을 위해 모든 걸 포기하면서 온몸을 내던지고 싸웠다. 숱한 선배와 동기, 후배들이 목숨을 잃었고, 몸과 마음을 다쳤고, 빈곤으로 지금도 고통받고 있다.

특정 대학 출신들만의 일이 아니었다. 80년대를 청춘으로 만난 많은 이들이, 일신의 부귀와 영달 같은 건 손톱만큼의 관심도 없이 이 나라의 불행한 역사 속에 몸담고 있다는 운명을 외면하지 않고 기꺼이 모든 기득권을 내버리고 투쟁했다. 순결한 영혼들이었다.

나는 나 자신의 선택으로 살아온 인생이었을 뿐이라고 말한다. 우리는 모두 그렇게 살아왔다. 그러나, 사진 속 스물세 살 청년의 얼굴로만 남아 있는 선배의 모습을 볼 때마다, 30여 년 세월이 흐르도록 몸과 마음의 고통을 겪는 선배와 동료들을 마주할 때마다 가슴 속에서, 서러움의 감정이 북받쳐 오르곤 한다.

혁명가
돈키호테
Don
Quixote

혁명가 돈키호테 Don Quixote
60cm*80cm 판넬에 아크릴 2022년

나는 돈키호테를 혁명가로 부르고 싶다. "넘어지는 것은 물론 똑같다. 하지만 한눈을 팔다가 우물에 빠지는 것과 별만 바라보다가 우물에 빠지는 것은 다르다. 돈키호테가 열심히 보았던 것은 바로 별이다. 이 공상과 망상의 정신이 추구한 웃음의 깊이는 얼마나 심오한가." 내가 돈키호테를 혁명가로 부르는 이유를 철학자 앙리 베르그송이 이렇게 표현해 주고 있다. 고려대 스페인어문학과의 교수이신 안영옥 님은 이렇게 말한다. "내가 생각하는 《돈키호테》의 메시지는 '인간은 자기 생의 창조자'라는 것이다. 남이 하기에 하는 게 아니라 내가 하고 싶은 것을 하는 삶, 육체는 망가져도 정신은 펄펄 나는 삶, 이런 삶을 사는 이에게는 좌절도 경쟁도 상대적 박탈감도 없다."

공감하지 않는 이도 있겠지만, 나는 이 그림에서 돈키호테를 느낀다. 한국에 온 어느 잘생긴 캐나다인이 전시장에서 이 작품을 보고 아내를 위한 선물이라며 사 들고 갔다. 적어도 그는 내가 느낀 돈키호테에게 공감했으리라.

인터넷에서 INTP의 특징을 검색하면 다음과 같이 나온다. '논리정연하게 말하고 사적인 감정을 잘 드러내지 않음. 남에게 피해를 주는 거 싫어하고 남에게 관심 별로 없음. 말이 별로 없으나 자기의 관심 분야에서는 말을 많이 함. 책 읽는 것을 좋아하지만 너무 게을러서 독서를 기피함. 성격 스탯을 배분할 때 창의력과 지능에 몰빵해서 나머지 사회성, 성실성, 외향성 등은… 비논리적이고 어리석은 사람들 보면 화가 너무 많이 남. 자기 주관 뚜렷, 호불호 확실, 할 말 앞에서 다 함. 웬만한 일에 상처 안 받음. 남이 내 욕하는 거 신경 안 쓰고 남 욕도 안 함. 친한 친구라도 별일 없으면 연락을 잘 안 함. 기분이나 감정을 표현할 때도 꼭 생각하고 표현함. MBTI에 관심이 많은 이유는 MBTI만큼 자기 자신을 잘 묘사하는 것이 없다고 생각하기 때문에.' 너무 많이 들어맞는다.

MBTI 검사를 정식으로 해본 것은 15년 전 캐나다 밴쿠버에서였다. 그곳 교수로 있던 나의 동지 B의 집에서였다. B의 MBTI는 INTJ였고 나는 INTP로 나왔다. J가 '못 되고' P에 '불과한' 것에 자괴감을 느꼈다. 아, 슬프구나! 결국 나는 계획적이지 못하고 그저 환경에 순응하기만 하는 그런 부족하기만 한 인간이었구나!

그러나 이제 나는 잘 알고 있다. 내가 P였기에 예술가가 될 수 있었다는 것을. 내가 P였기에 그림으로 나를 표현하면서 순간순간 행복할 수 있다는 것을.

아마도 내 인생에서 P다운 충동성을 처음 드러낸 사건은 초등학교 3학년 때였을 것이다. 학교에 오르는 길은 축대를 쌓아 세워진 경사지였고 난간도 없었다. 어느 날 나는 등굣길의 축대 위에서 갑자기 모험심이 발동했다. '해볼 거야!' 키를 훌쩍 넘는 높이의 아래로 뛰어내렸다. 성공했다. 하굣길에 급우들을 불러 축대 위에 둘러 세웠다. 내가 뛰어내리는 장면을 직관하라고. 뛰어내렸고, 나는 비명을 질렀다. 좌우의 발이 시간 차를 내며 떨어진 것이다. 나는 꼼짝

하지 못한 채 울음만 터뜨리고 있었다. 마침 얼굴을 아는 어느 누나가 나를 업고 집까지 데려다주었다. 나는 석 달 동안 학교에 가지 못했다. 종아리뼈에 금이 가서 깁스를 하고 있어야 했으니까. 깁스를 풀고 학교에 다시 간 날, 나를 두고 어머니와 담임선생님이 서로 얘기 나누면서 웃음보를 터뜨리는 장면을 지금도 기억한다.

1985년 여름. 나는 학생 운동으로 짧은 감옥 생활을 하고 나와 어느 작은 사회과학 출판사에 수개월째 몸담고 있었다. 운동권이 읽는 책들을 발간하는 출판사였고, 대표의 친구들인 운동권 선배들이 필자로서 드나드는 그런 곳이었지만, 원고 교열 교정을 하는 편집부 직원의 생활이 크게 다를 건 없었다. 실존적 삶에 대한 나의 욕구는 더 억누를 수 없을 만큼 커지고 있었다. '이건 아니야!' 나는 선배에게 노동운동에 투신하겠다는 의사를 전했다. 5년간의 지하조직 활동과 8년간의 감옥 생활로 이어지게 된 결정이었다. 아마 다시 돌아가도 똑같은 결심을 했으리라 생각한다. 시절이 그러했고 삶에 대한 나의 열정이 그러했다.

1986년 여름. CA 그룹의 일원으로 번역 작업을 돕다가 성남지역으로 내려와 막 지역 활동을 시작하던 때의 일이다. 조직에서는 대거 동원령이 떨어졌고, 나는 선배들을 따라 어느 교회의 예배당으로 들어가게 되었다. 성문밖교회였다. 사람들이 많았고, 어쩌다 보니 단상 바로 옆의 빈자리에 쭈그리고 앉게 되었다. 대부분 학생 운동 출신 인텔리들로, 한국의 노동운동가들 수백 명이 대거 결집한 역사적인 자리였다. 시국에 관해 자유토론을 시작한다고 했다. 순간적으로 나는 반응했다. '무언가 해야 해!' 번쩍 손을 들고 단상으로 나갔고, 정세와 전술에 관해 열변을 토했다. 갑자기 예배당은 격한 논쟁으로 들끓게 되었다. 그날 단상 앞으로 나선 나의 행동은 전혀 계획에 없었다. 철없는 돌출행동이었다.

1991년 서울구치소. 전해 가을에 사노맹으로 함께 구속된 이들은 40여 명이었으나 중앙위원은 나뿐이었기에 단독으로 재판을 받고 있었다. 변론종결일을 앞두고 나는 마음먹었다. '무언가 해야 한다!' 1인 재판이라 재판정은 작았다. 피고인석에서 보면 정면에 판사의 법대, 좌측에 검사

석, 우측에 변호인석. 그 공간은 웬만한 아파트 거실 공간
보다 살짝 큰 정도. 최후진술을 끝내자마자 그 자리에서 뛰
어올랐다. 순식간에 변호사 책상을 딛고 법대 위로 올라섰
다. 판사는 화들짝 놀라 몸을 웅크렸지만 나는 판사를 해
치려고 올라선 게 아니었다. 방청석을 향해 돌아서 팔을 들
어 올리며 "노태우 정부 퇴진하라! 임시민주정부 수립하
자!"라고 구호를 소리높여 외쳤다. 교도관들에게 끌려 나가
면서 소동은 금방 끝나버렸지만, 다음날 언론은 나의 행동
과 구호를 기사로 내보내 주었다. 나는 만족했지만, 재판이
진행 중이던 시국사건의 여러 인물의 형량이 늘어나는 피
해를 끼쳤다. 미안스러운 일이었다. 나는 무기징역 구형에
12년을 선고받았고, 후에 법정소란죄로 1년 형이 추가되
었다.

　2008년. 출소 후 밥벌이를 해야 했던 나는 우연히 대치
동 논술학원 아르바이트를 하게 되었다. 학생들 반응이 좋
았고, 나는 갑자기 바빠졌다. 학원을 차렸다. 몇 년간 반짝
했다가, 망했다. 출소한 지 딱 10년이 되던 해였다. 돈 벌기
와 돈 쓰기에 미혹되어 돌아가던 내 일상의 수레바퀴가 한

번 툭 끊기고 나니 비로소 정신이 번쩍 들었다. '이대로는 안 돼!' 나는 그림 공부를 시작했다. 나의 실존을 위한 길을 뒤늦게나마 찾게 되었다. 새롭게 문을 연 구멍가게 같은 곳에서 학생들에게 수학을 가르치면서 약속한 생활비를 입금해 주고 나면 매달 내 통장의 마이너스 수치는 커져갔지만, 그래도 그림 그리는 순간만은 더없이 만족스럽고 행복했다. 그림을 통해 내면세계에서 잊고 있던 과거의 나와 재회했다. 그림으로 표현되어 나오고 싶은 가슴 속 마그마가 들끓고 있었고 나는 서툴지만 뜨거운 열정으로 그림을 그려댔다. 그렇게 나는 화가가 되었다.

나는 끊임없이 도전의 과정을 추동해 준 내 안의 P에 감사하다.

삶이

그대를

속일지라도

삶이 그대를 속일지라도

80cm*60cm 판넬에 아크릴 2022년

이런 스타일을 시도한 첫 작품이라 좀 어설프지만 내게는 애정이 깃든 그림이다. 오른쪽 눈 부분에 아크릴 펜으로 나중에 덧칠한 탓에 붓 터치의 통일성도 깨졌다. 하지만 다시 보니 그림의 느낌이 배가된 듯도 해서 그것대로 괜찮아 보인다. 팔이 안으로 굽는 것일지도 모른다. 넓은 블랙과 일그러진 두 눈 때문에 전체적으로 고통의 표정을 보여준다. 밝은색들도 여기저기 있지만 차라리 그들 때문에 아이러니한 혼란의 감정까지 덧붙여진다. 핏기 잃은 두툼한 입술은 금방이라도 울음을 터뜨릴 것 같다. 한가운데 코를 그린 듯한 화이트의 붓 자국이 그림의 중심을 잡으며 고통 속에서도 잃지 않는 믿음 또는 희망을 상징하는 듯하다.

푸시킨의 시를 읊어본다. '삶이 그대를 속일지라도 슬퍼하거나 노하지 말라! 우울한 날들을 견디며 믿으라. 기쁨의 날이 오리니. 마음은 미래에 사는 것, 현재는 슬픈 것. 모든 것은 순간적인 것, 지나가는 것이니, 그리고 지나가는 것은 훗날 소중하게 되리니.'

다른 두 중앙위원이 편집국을 지도하며 집필을 책임졌고 나는 조직관리를 담당하고 있었다. 일주일에 한 번씩 내 안가에서 회의를 했다. 안가에는 각 조직 단위에서 연락국을 통해 올라오는 보고서들이 쌓여있었다.

어느 날 내 발길은 무언가에 씐 듯이 세운상가를 향해 가고 있었다. 삐삐가 작동하질 않아 구매한 가게로 전화를 걸고 찾아가던 길이었다. '사고'일 수 있다고 의심해야 했는데, 계속되는 팽팽한 긴장과 압박감에 지쳐 집중력이 심각하게 떨어져 있었다. 최악인 것은, 안가의 이사가 완결되지 않은 때라 계약서가 수중에 있었다는 사실이다.

남산의 안기부 지하실에서 취조받으면서 나를 가장 고통스럽게 한 것은, 수십 시간에 걸친 잠 안 재우기 고문이나 건장한 수사관들이 온몸을 짓밟고 때리는 발길질이 아니었다. 차라리 더 고통스럽게 고문받기를 바랐는지도 몰랐다. 나로 인해 조직이 침탈되고 수많은 동지가 체포되어 들어왔을 거라는 사실이 내 가슴을 너무도 아프게 했다. '가슴에 대못질'이라는 표현은 은유가 아니라는 걸 그때 생생하게 배웠다. 실제로 가슴에 커다란 못이 박힌 듯 너무도 고통스러웠다. 고문보다는 감당 못 할 가슴속 자책감 때문에 울부짖으며 몸부림치곤 했다.

내가 체포됐던 그날 이후로 30년이 넘는 시간이 흘렀다. 그 사이에 안기부는 이름도 바뀌었고 권세도 약해졌다. 군부와 안기부가 물러난 자리를 검찰이 차지했다. 검찰은 전직 대통령을 수사해 자살하도록 했고 또 다른 전직 대통령들을 구속했다. 그들은 자신들이 정치를 좌지우지하고 역사를 바꾼다고 생각할 만했다. 검찰은 새 정부의 '검찰개혁' 정책 앞에서 무기력하게 당하려 하지 않았다. 그들은 반격을 기획했고, 기어이 성공시켰다.

그들의 반격에 지난날 나의 동지였던 이가 고초를 겪고

있다. 학자로서의 소신을 굽히지 않고 검찰개혁이라는 민주주의적 과제를 수행하고자 했다. 그러나 정치검찰은 '어느 칼질에 걸리든 걸리기만 해라'하는 무도한 칼부림을 자행했고, '완벽한 도덕군자가 아니니까 대역죄인'이라는 식의 조리돌림을 가하고 있다. 21세기 대명천지에 상상못할 멸문지화의 고통을 가하고 있다. 많은 이들이 저 소시오패스들에게 하늘의 저주가 내리기를 빌 정도이다.

권불십년이요 화무십일홍이라 했다. 군부의 총칼과 안기부의 전횡에 맨몸으로 맞섰던 이 나라 민주주의의 역사가 저들의 야만적인 독주를 그대로 방치하지 않을 것이다.

힘을 내소서. 부디 이겨내소서. 이겨내어 내일은 웃을 수 있기를 온 마음으로 빌고 또 빌 뿐이다.

자유를
누리다

자유를 누리다
130cm×162cm 캔버스에 아크릴 2013년

자유는 조건이 아니다. 자유는 누리는 것이지 주어지는 것이 아니다. 자유는 정신의 능력이다. 물질적 결핍이 우리를 자유롭지 못하게 하는 것이 현실이지만, 물질적 조건 마련이 우선이라는 식의 단계론이 일반적으로 성립하는 것은 아니다. 자유란 문자 그대로 스스로에게서 말미암는 것이다. 스스로의 기준으로 이해하고 스스로의 기준으로 판단할 줄 알고 스스로의 기준으로 행복해할 줄 아는 능력이다. 남의 눈으로 이해하고 남의 기준으로 판단하고 남의 기준으로 행복을 논하는 사람은 자유롭지 못한 사람이다.

지금 당신은 행복하다고 생각하는가? 당신은 자유로운 사람이다. 스스로 행복하다고 생각하지 못하는 당신은, 조건이 부족해서일 수도 있지만 자유롭지 못해서일 수도 있다. 자유라는 정신 능력이 부족해서일 수도 있는 것이다.

행복을 진정으로 원한다면, 자유인이 되어야 한다.

사실 자유인이 된다는 것은 쉬운 일이 아니다. 사람들 대부분은 밥벌이를 위한 일에 묶여서 살아간다. 어쩌면 역설적이게도, 감옥이야말로 가장 쉽게 자유인이 될 수 있는 곳일지도 모른다. 밥벌이로부터의 자유가 가장 어려운 자유인데, 감옥에서는 밥벌이를 걱정할 필요가 없기 때문이다.

현실의 세상은 달랐다. 출소 직후 입을 옷이 전혀 없어 모두 사야 했지만 가진 돈도 없었던 나는, '양복 3천 원'이라는 문구를 보고 세탁소를 찾아 들어갔다가 바보가 되기도 했다. 모 협회의 심부름꾼으로 일하며 굴욕을 겪기도 했고, 인터넷에 대해 아무것도 모른 채 인터넷 회사로 출근하며 다른 직원들의 비웃음을 사기도 했다. 학생들 가르치는 학원일조차 경험이 없다는 이유로 문전박대당하기도 했다. 바깥세상에서 밥벌이를 한다는 건 어느 하나 만만한 게 없었다.

그러나 돈을 번다고 행복하지는 않았다. 학원이 잘될 때
는 현금 세는 기계까지 두었다. 하룻저녁 술값으로 몇십
만 원을 아무렇지 않게 지급하고 백만 원이 넘는 옷을 즉
흥적으로 사들이기도 했다. 행복한 줄 몰랐다. 하루도 쉬는
날 없이 돈벌이를 위해 끝없이 돌아가는 쳇바퀴에 갇혀 있
었다.

운명의 신이 나를 도와주었다. 나를 망하게 한 것이다. 내
몸과 마음을 가둔 채 끝없이 돌아가던 무한궤도가 어느 날
툭 끊어져 버리자 비로소 나는 정신을 차릴 수 있었다. 돈
이 전부가 아닌데, 마치 그게 전부인 것처럼 그렇게 살았다
는 것을 깨달았다. 내 삶을 위해 무엇을 할 것인가를 생각
했고, 인터넷을 검색하여 그림 공부 그룹을 찾아 들어갔다.
밥벌이를 하면서 동시에 그림을 그렸다. 사랑스러운 세 아
이가 비로소 눈에 보였고, 그림을 그리며 행복해하는 나의
새로운 삶이 보였다.

인간이 가장 비루해지는 순간이 밥벌이가 내 목줄을 쥘 때이고, 인간이 가장 어리석어지는 순간이 물욕이 내 눈을 가릴 때이다. 행복을 위해 돈에 다가가지만 돈의 감옥에 갇혀 행복을 잃어버린다. 돈과 행복의 딜레마. 그런데 이 나라는 왜 돈이 최고인 듯이, 돈이 곧 행복인 듯이 이렇게도 난리란 말인가? 왜 모두가 돈에 미쳐 돌아가게 만드는 것인가? 삶을 구성하는 여러 가지 요소들이 있는데 왜 그런 소중한 다른 것들을 제대로 보지 못하게 하는가?

젊어서 행복을 모르면 늙어서 행복을 알 수 없다. 조건이 갖추어졌다고 행복이 저절로 오지는 않는다. 행복은 마음으로 느끼는 것이고 그 마음은 훈련되어야 하는 것이다. 행복한 삶을 위해서는 '공감 능력'보다 '자유 능력'이 우선이다. 행복을 느낄 수 있는 마음의 능력, 그것이 곧 자유 능력이다.

자유를 위한

투쟁

자유를 위한 투쟁
56cm*40cm 판넬에 아크릴, 오일파스텔 2022년

세상은 우리를 자유롭지 못하게 하는 것투성이다. 너무나 많은 것들이 상품화되어 있는 이 자본주의사회에서 모든 상품은 저마다 이것을 사야 행복할 수 있다고 끊임없이 광고하고 선전한다. 신형 핸드폰을 사야 하고 자동차를 바꿔야 하고 아파트를 사야 한다. 성형수술을 해야 하고 해외여행을 해야 하고 의대 입학을 위해 일타강사 수업을 들어야 한다. 당신이 지금 찾고 구하는 것 가운데 이런 광고와 선전에 의하지 않은 것이 얼마나 있는가? 우리 대부분은 핸드폰 중독 이상으로 광고와 선전에 중독되어 있다. 머리띠를 매고 팔을 흔들어 구호를 외쳐야 투쟁인 것이 아니다. 가장 중요한 것은 마음속의 투쟁이다. 나를 자유롭지 못하게 하는 많은 것들, 나의 머릿속 세상을 지배하는 남의 것들을 몰아내는 정신적 투쟁보다 더 중요한 것이 과연 무엇이 있겠는가? 행복하고 싶은 당신, 자유를 위해 투쟁하라! 이 그림, 숱한 남의 것들이 머릿속 세상을 지배하고 있는 모습, 혹은 그 남의 것들에 대항해 투쟁하고 있는 나의 모습, 을 그린 그림이라고 생각해 본다.

나는 밥벌이를 위해 오랫동안 학생들에게 수학을 가르쳤다. 문제를 풀지 못해서 질문해 오는 대부분 학생에게 공통점이 있었다. 눈으로는 보고 있되 문제에 충분히 집중하지 못하고 있다는 것. 그들은 성급하게도 문제를 이해하기도 전에 풀어내려고 했다. 그들은 어떤 공식을 적용해야 하는지를 궁리하며 '머릿속을 뒤지고' 있었다. 그들에게 수학이란 불행하게도, 공식을 암기하고 그 공식을 적용해 계산하여 답을 얻어내는 그런 교과목이었다.

　　내게서 고등학교 기간 내내 수학을 배우다가 강남에서 재수학원 다닌 후 서울대 공과대학에 들어간 학생 둘이 인사차 찾아와서 한 말이 있다. "수학이 잘 되어 있어서 재수가 쉬웠는데요, 저희는 그냥 푸는데 다른 애들은 유형을 분류하느라 끙끙대더라고요." 저학년 때 '공식 암기'로 수학을 공부하던 학생들이 고3이 되어서는 '유형 암기'로 수능을 준비한다는 얘기가 된다.

내가 학생들에게 늘 강조하여 건네는 말이 있다. "문제와 소통하여 문제를 이해하는 것이 우선이다. 말로 정보를 주면 그걸 그래프로 그리거나 수식으로 번역해 봐라. 수식이 주어질 때 그 기하학적 의미를 찾아내 봐라. 수학의 정의 자체가 '패턴의 과학'이란다. 어떤 수학 문제든 결국 패턴을 찾아내라는 것이고, 난이도가 올라갈수록 정보의 가짓수가 늘어나고 번역의 과정이 좀 더 길어질 뿐이다. 주어지는 정보들을 각각 번역하면서 그 정보들과 논점 상호 간의 연관관계를 찾아내야 한다."

현대 정보화시대에 요구되는 분석 능력과 종합적 사고력을 평가할 수 있도록 수능 수학은 과거에 비해 상당히 발전된 형태로 진화하였다. 그러나 학생들의 수학 공부는 공식과 유형을 암기하게 하는 방식이 여전히 남아 있는 것이다.

나는 이어서 이렇게 얘기한다. "문제를 해석하는 과정,

문제와 소통하는 과정, 문제를 이해해나가는 과정 그 자체를 중요시하고 즐겨야 한다. 스스로가 주인이 되어 문제와 정면으로 부딪치는 이런 방식으로 자신을 훈련하게 되면 수학 문제를 푸는 일은 마치 보물찾기처럼 재미있고 즐거운 일이 된단다."

그렇다. 수학을 공부하는 시간도 즐거울 수 있다. 이 나라는 자라나는 아이들에게 너무도 일찍부터 '인고'를 배우게 한다. 나는 찬성할 수 없다. 아이들의 모든 시간은 즐거운 시간이어야 한다. 지적 즐거움으로 학문을 대할 때 아이들의 상상력과 창의력이 자란다. '자유'를 즐기고 체험하며 자라야 더 부강하고 행복한 사회의 주역이 될 수 있다.

새 세상을
꿈꾸다

새 세상을 꿈꾸다
73cm*91cm 캔버스에 아크릴, 오일파스텔 2023년

인간에게는 꿈꿀 자유가 있다. 우리는 저마다 새로운 삶을 꿈꾼다. 개인의 삶은 사회와 무관할 수 없고, 따라서 우리는 새로운 세상도 꿈꿀 수 있다. 그런데 새로운 세상을 꿈꾸는 자유는 어이없게도 금지되어 왔다. 나는 새로운 세상을 함부로 꿈꿨다는 이유로 8년 동안 감옥 생활을 해야 했다. 새로운 세상을 왜 꿈꾸는가? 인간이 행복한 삶을 살아갈 수 있도록 세상이 제대로 돕지 못하고 있으니까, 오히려 개인의 행복을 억압하는 방식으로 세상이 돌아가는 것으로 보이니까 사람들은 새로운 세상을 꿈꾸는 게 아니겠는가? 행복추구권은 천부적 인권인데 왜 행복을 위한 꿈꾸기가 억압받고 봉쇄되어야 한단 말인가? 이 그림에서 나는 강한 역동성을 느낀다. 과거의 낡은 틀을 깨고 새로운 세상이 힘차게 우뚝 서는 듯한 느낌. 실제로 이 그림도 고통스러운 실패와 모색의 과정을 여러 번 거치면서 마치 어느 순간 혁명이 일어나듯 태어난 그림이다. 창의성은 하늘에서 뚝 떨어지는 것이 아니다. 자유로운 상상력으로 도전할 때 그 도전의 과정 끝에 맺어지는 열매가 창의성이다. 자유는 새로운 창조를 위한 밑거름이다.

초등학교 6학년 때의 기억이다. 담임선생님은 수업 시간 중에 나를 혼자 운동장으로 내보내 수채화를 그려오게 하시곤 했다. 학년이 끝나가던 어느 날 선생님은, 마지막 미술 시간에는 저마다 자유롭게 재료를 준비해서 자기 마음대로 작품을 만들어 보라고 하셨다. 나는 베니어합판과 수채화용 물감만을 가지고 갔다. 합판 위에 물감을 짜면서 입으로 후후 불어대어 번지는 효과를 즐기고 있었다. 잭슨 폴록의 '잭' 자도 모르던 어린아이의 대단한 창의성, 현대미술의 영역을 스스로 찾아 걸어 들어간 소년, 이라며 훗날의 나는 거창하게 자찬하며 뿌듯해하곤 한다.

그러나 그날은 소년에게 행복한 날이 아니었다. 지나가던 선생님의 눈빛은 '이 녀석, 장난이나 치고 있다니!' 하며 질책을 하고 계셨다. 유난히 눈치 없던 소년이었지만 선생님의 그 눈빛만큼은 너무도 뚜렷하게 느낄 수 있었다. 그날 입은 마음의 상처는 너무도 아팠고 미술을 고리로 한 선생님과의 인연은 그대로 끊어졌다. 미술이 나의 삶의 영역 안으로 다시 들어오기에는 30년 넘는 세월이 필요했다.

만일 선생님이 자유로운 상상력과 창의성의 중요성을 이해하는 분이었다면, 그래서 그날 보인 나의 자질에 칭찬과 격려의 한마디를 해주셨더라면, 용기백배한 소년은 미술을 자신의 인생길로 받아들여 전혀 다른 삶을 개척해 나아가게 되었을지도 모른다.

'눈 속의 눈으로 보라. 귀속의 귀로 들으라!' 1982년 학내 시위 현장에서 뿌려진 민주화 투쟁의 격문 속 문장이다. 이제 나는, 현대미술이 무엇인가에 대한 대답이 이 문장으로 표현될 수 있다고 생각한다. 눈 속의 눈이란 마음의 눈이다. 저마다의 마음의 눈, 거기에 반응하여 감동을 일으킬 수 있다면 그런 것이야말로 아름다운 예술적 체험이 아니겠는가? 꽃이 아름답다지만, 내 집 주변 그 골목길의 보랏빛 나팔꽃처럼 아름다운 꽃은 내게 달리 없다. 내 마음속 나팔꽃에 얽힌 소중한 인생의 기억 때문이다. 꼭 아름다운 꽃이어야만 그런 감동이겠는가? 때 묻은 배구공, 부러진 나무토막이라 해도 어떤 소통의 도구가 될 수 있다면 눈물 터뜨릴 정도의 감동까지도 안겨주게 되지 않겠는가?

이 나라처럼 '자유'를 강조하는 나라도 없을 것이다. 그저 반대 세력을 탄압하기 위한 무기로만 휘둘려지는 '자유'이다. 가진 자, 힘 있는 자가 그 탐욕과 폭력을 마음껏 휘두를 때나 이용되는 '자유'이다. 더 나은 세상에 대해 구상하고 표현하는 자유, 사회적 약자가 정당한 권리를 위해 투쟁하는 자유, 이런 자유는 툭하면 봉쇄하고 억압하면서도 후안무치하게 자유를 논한다. 자라나는 학생들이 자유를 느끼고 체험하며 상상력과 창의력을 꽃피워 가게 이끌어 줄 능력은 없으면서 자유를 얘기한다. 예술가들이 마음껏 그 발칙한 상상력을 터뜨릴 자유도 허락하지 못하면서, 그럴 여유도 배포도 없으면서 자유를 외친다. 타인의 자유를 인정하지 못하는 자는 자유를 논하지 말아야 한다.

Human

Human

Human

Human Human Human
90cm*72cm 캔버스에 아크릴 2015년

지구상에 수십억 명의 인간들이 모여 서로 부대끼며 살아간다. 과연 어떤 세상일 때 지구상 인간이 행복할 수 있을까? 지난날 많은 이들이 탐욕에 찬 자본주의 자체의 철폐를 주장했지만, 20세기 실험을 통해 그것은 실패로 판명 났다.

'무엇이 중한디?' 개개인의 삶이 행복해질 수 있다면 그것으로 된 것이다. 체제 자체가 중요한 것이 아니다. 인간의 기본권으로 자유권, 평등권, 참정권 등을 논하지만, 가장 우선적인 권리가 '생존권'이 아니겠는가? 생존할 수 있는 권리가 보장되지 못한다면 다른 권리가 무슨 의미가 있겠는가? 사회적 생산력의 한계로 우선시하지 못했던 생존권이었지만, 지금의 인류문명은 공동체 구성원들의 생존을 책임지고 보장할 수준의 생산력 발전은 충분히 이루어 놓고 있지 않은가?

구성원의 생존권을 보장하는 것! 이것이 국가의 가장 중요한 사명이어야 한다고 나는 감히 주장한다. 21세기에 걸맞은 새로운 인권운동이 이것이라고 믿는다.

의료보험료의 상한선은 420만 원이다. 예컨대 연 5억의 배당소득을 얻는 이가 매달 350만 원가량의 보험료를 낸다. 소득이 없거나 너무 적은 이들은 2만 원가량의 기본 보험료만 내면 된다. 아직 선진국에 비해 보장률이 낮다고는 하지만, 나는 우리나라의 전 국민 의료보험 제도의 성격 자체는 충분히 '사회주의적'인 제도라고 생각한다. 가난하다는 이유로 병원비를 대지 못해 죽거나 파산하는 일은 없게끔 해야 한다는 제도이다. 이 제도는 동전의 양면처럼, 소득이 많은 이들에 더 많은 부담액을 강제하는 제도이다. '왜 내가 돈을 많이 번다는 이유로 이름도 얼굴도 모르는 남의 의료비까지 부담해야 하느냐?'는 항의는 인정되지 않는다. 지금의 국가는 그 권위와 권력으로 '그런 생각이나 발언은 매우 천박하고 야만적인 것입니다!' 하고 극단적 개인주의를 제압하고 있다. 그런 문명사회에 우리는 이미 살고 있다.

1998년 8월 15일. 8년 만에 출소하게 되어 서울로 올라오는 차 안에서 나는 생각했다. '감옥에서 나왔으니 이제 내가 직접 벌어 먹고살아야 하네. 당장부터 어떻게 해야 하지?' 나는 굶어 죽지 않을 걱정을 해야 했다. 그런데 곧 나는 이것이 너무도 아이러니하다고 생각했다. 21세기를 코앞에 둔 시대에, 넘쳐나는 물질문명의 시대에 이게 뭐지? 지금 손에 있는 영치금 다 쓰고 나서 돈이 떨어지면, 내가 돈벌이를 못 해 굶더라도, 그러다 죽어 나가도 이 사회는 나 몰라라 한다는 얘기네? 이 나라의 문명 수준이라는 게 이거밖에 안 되는 거야?' 내가 훗날 기본소득 제도를 접하고 '그래, 이거야!' 하고 환호하게 된 개인사적 배경이다.

물론 우리 사회에는 다양한 사회보장제도가 있다. 그러나 당시의 나는 아무런 관련 조항이 없는 사각지대의 주인공이었거나, '내가 이렇게도 무능하여 굶어 죽게끔 생겼으니 나라에서 적선해 주시길 청하나이다' 하며 인격적 굴욕감과 모멸감을 끌어안으며 행정관청을 드나들어야 했을 것이다. 전 국민에게 똑같이 기본소득을 지급하는 방식은 사각지대가 없고, 지급 과정에서 불필요한 정신적 피해를 주지 않으며, 행정력의 낭비를 막는다. '경제적 여유가 있는 이들에게까지 왜 지급해야 하느냐'는 반론도 있다지만, 어차피 소득이나 재산이 많은 이들은 누진세 제도를 이용해 환수할 수 있다. 그리고 지금의 자본주의는 점점 '고용 없는 성장'으로 나아가고 있는데, 이것은 경제적으로는 '소비없는 생산'이라는 자기모순을 불러일으키고 사회적으로는 심각한 양극화와 그로 인한 사회불안을 발생시키는 것이기 때문에, '전 국민 기본소득'은 이같은 모순에 대응하는 필연적 정책 방향이다.

'개인의 자유와 공존하는 공동체주의'는 이미 문명사회가 나아가고 있는 합의된 길이다. 전 국민 의료보험 제도와 똑같은 정신으로 전 국민 기본소득의 도입이 추진되어야 한다고 나는 믿는다. '전 국민 기본소득'이야말로 21세기형 사회주의'라고 표현할 수도 있을 것이다. 공동체주의의 과잉이 전체주의라면, 우리 사회는 여전히 공동체주의의 과부족이 문제인 사회이다. 미국식 의료보험제도의 야만성을 인정하는 당신은 잠재적 기본소득 찬성론자이다.

모순 속
세계

모순 속 세계
80cm*60cm 판넬에 아크릴, 오일 파스텔 2022년

세계는 모순적이다. 정의를 외치면서 불의를 행하고, 평화를 주장하면서 전쟁을 준비한다. 신의를 구하면서 배반을 도모하고, 법치를 빙자하여 헌법을 능멸한다. 진리를 구하면서 거짓을 획책하고 평등을 찾으면서 권력을 탐한다.

칼 마르크스는 자본주의 모순의 근원으로 '생산수단의 사적 소유'를 지적하였지만 그것이 어떻게 '지양'될 수 있는지 구체적인 방안을 제시하지 못했다. 레닌의 볼셰비키는 혁명으로 '생산수단의 전면적 국유화'를 실행했다. 생산수단의 전면적 국유화는 비대한 국가기구를 필요로 했고, 필연적으로 전체주의적 관료 독재 체제로 나아갈 수밖에 없었다. 전체주의적 독재는 모든 개인의 창의성과 자유를 압살하는 결과를 낳았다. 20세기 인류가 경험한 이 거대한 실험의 실패는 그 자체로 또 하나의 모순이고 아이러니였다.

이 나라의 사회운동은 세계사적 경험을 공유하지 못했고 나 또한 열정은 뜨거웠으나 시대의 한계에 갇혀 있었다.

‘생산수단의 전면적 국유화’가 사회 진보의 올바른 길이 아니라는 사실은, 소련과 동구의 체제가 몰락한 지 30년이 지난 지금 합리적 이성을 가진 사람이라면 인정할 수밖에 없다. 자본주의가 모든 악의 근원이라는 말에 나는 여전히 공감하지만, 그 자본주의 자체가 인간존재가 가진 모순과 한계의 반영이라는 사실은 어찌할 것인가. 모든 악의 근원은 사실은 인간의 무한한 욕망이다. 인간 개개인이 자기중심적 욕망을 초월하여 순수하게 공동체를 위하여 행동할 수 있는 존재로 진화하는 것이 과연 가능한 일인가? 그게 불가능하다면, 인간의 욕망을 기반으로 작동하는 자본주의 경제체제 자체를 종식하고 이상사회를 건설한다는 것은 어떻게 가능할 것인가?

인간은 참으로 모순적인 존재이다. 인간은 무한한 욕망

의 소유자이기도 하지만, 선과 악, 정의와 불의, 미와 추를 구별할 수 있는 이성이라는 힘도 지구상 동물 가운데 유일하게 인간만이 갖고 있다. 더 나은 사회를 만들어 가기 위한 가능성과 그 단초도 결국 인간 자신에게 있다.

'더 많은 민주주의'만이 우리가 나아가야 할 길이라고 나는 믿는다. 민주주의와 동떨어져서는 우리의 미래는 없다. '신자유주의'는 국가의 견제와 개입으로부터 자유로운 자본 활동이다. 신자유주의는 심각한 사회적 양극화를 낳고 있고 노동자와 민중의 삶을 피폐하게 만든다. 이에 대한 가장 효과적인 대항은 '더 많은 민주주의'를 통한, 자본에 대한 국가적 견제와 개입의 강화일 수밖에 없다. 민주주의를 통해 국가를 자본의 횡포를 견제하는 도구이자 진지로 기능하게 만들어 가는 길만이 현실적인 희망이다.

부질없는 가정이지만 이런 상상을 해본다. 사노맹이 안기부에 의해 해체되지 않았더라면, 또는 소련의 붕괴가 몇 년 만이라도 일찍 이루어졌더라면, 조직 내에서의 진지하고 치열한 연구와 토론을 거쳐 사노맹은 지금쯤, 가장 민주적으로 운영되면서 가장 철저하게 노동자와 민중의 목소리를 대변하는 정당으로 의회활동을 하고 있지 않을까 하는.

혹여나 폭력혁명으로 세상을 바꾼다는 발상이 조금이라도 남아 있다면 그것은 시대착오적인 낭만주의일 뿐이다. 그리고 정치적 민주주의를 위한 노력을 그저 가진 자들끼리의 권력투쟁처럼만 생각하는 지도자가 있다면 그 또한 협애한 '경제주의'이고 심각한 정치적 무능이다. 자본주의 체제에서 '더 많이' 고통받는 사람일수록 '더 많은 민주주의'야말로 '남의 것'이 아닌 '우리 것'이다.

민주주의, 오직 더 많은 민주주의로 향하는 길만이 정치적으로 올바른 길이다, 라고 나는 믿는다.

흔들리는

인간

흔들리는 인간

91cm*73cm 판넬에 혼합재료 2022년

이 그림이 엄청난 투구와 갑옷으로 무장한 사람의 얼굴처럼 보인다면 제대로 본 것이다. 의지하고 도움받아야 할 것이 많은 인간이란 존재의 나약성을 이렇게 표현해봤다.

인간이 의지하는 가장 대표적인 것이 종교와 이데올로기이다. 인류 역사상 단 한 명의 사람도 신의 존재를 증명해내지 못했지만 수많은 인류가 대대로 신을 믿어왔다. 신은 존재하기 때문에 믿는 것이 아니라 믿고 싶으니까 존재해야 하는 존재이다. 아, 나약한 인간의 정신력이여! 이데올로기 또한 마찬가지 역할을 해왔다. 모순과 투쟁의 현실 자체를 인정하고 받아들이기 힘들어서 궁극적 해방과 구원의 그 날을 꿈꾼다는 점에서 이데올로기는 종교와 매우 닮았다.

인간 세상은 모순과 부조리와 패러독스로 가득한 곳이다. 인간이란 존재가 그러하기 때문이다. 우리의 정신이 이것을 냉정히 받아들이느냐 못하느냐에서 저마다의 길이 갈라진다. 당신은 어느 길을 걷고 있는가?

이창동 감독은 영화 〈밀양〉으로 인간의 삶 속에 숨은 깊은 모순성을 감동적으로 표현해내었다. 영화의 압권은 역시 주인공 신애(전도연)가 아들의 살인자를 찾아간 교도소 면회실 장면이다. 살인자는 웃으며 말한다. "저는 이미 하나님의 용서를 받아 마음이 편안해졌습니다." 나중에 신애는 절규한다. "어떻게 용서해요? 용서하고 싶어도 난 할 수가 없어요. 그 인간은 이미 용서를 받았다는데... 그래서 마음의 평화를 얻었다는데... 내가 그 인간을 용서하기도 전에 어떻게 하나님이 그 인간을 먼저 용서할 수 있어요?"

영화는 이렇게 종교의 의미에 대한 근원적인 질문을 던진다. 인간은 결국 자신의 불안한 마음을 달래기 위해 종교가 있는 것이 아닌가? 스스로 저지른 짓에 대한 진정한 참회와 제대로 된 용서 없이 자신에게 면죄부를 발행하는 행동을 합리화해 주는 것이 종교이다. 종교가 인간의 온갖 이기주의를 정당화해주는 도구로 쓰이고 있는 게 현실이다.

일제강점기 때 일본으로 유학 간 조선인 대학생들이 마르크스에게 반하면 좌익이 되고 니체에게 빠지면 우익이 되었다는 얘기가 있다. 마르크스주의자들은 무신론자였다. 그런데 재미있는 것은, 니체야말로 '신은 죽었다'라는 선언으로 대표되듯 종교의 허구성을 폭로하는 데 생애를 바쳤다. 나 또한 제주에서 니체를 읽으며 반해버렸다. 마르크스도 니체도 천재였고 신에게 운명을 의지하는 걸 배격했다.

20세기에 인류는 탐욕스러운 자본의 논리가 주인이 되는 사회로부터 자유로워지고자 거대한 실험을 전개했으나 참담히 실패했다. 60년이 넘도록 잘못된 체제가 지탱한 것은 관료 독재 국가체제의 힘이기도 했지만 또한 이데올로기의 힘이 그 저변에 있었다. 현실에서 모순이 첨예할수록 해방과 구원에 대한 갈망이 클 수밖에 없고 그것을 기반으로 이데올로기적 믿음이 자란다.

종교 또한 현실에서 똑같은 기능을 수행한다. 삶이 퍽퍽할수록 무언가 구원에 대한 기대와 소망이 자란다. 그 가난한 마음을 붙잡아 '나를 의지하여 너를 구원하라'라는 게 종교이다. 마음은 구원을 믿으나 현실은 그대로이고, 더욱더 그 믿음에 빠져드는 길 이외에 다른 탈출구는 보이지 않는다.

밀란 쿤데라는 인간이 종교와 이데올로기라는 거짓 구원에 의지하게 되는 이유가 인간존재의 나약한 정신 때문이라고 지적했다. 모순과 부조리로 가득한 현실 세계 앞에서 인간 이성과 감성 그 자체의 힘으로 현실로 받아들여 직시하면서, 대항하고 투쟁하고 공감하고 소통하고 서로 위로할 줄 아는 건강한 사회를 밀란 쿤데라는 소망했다고 생각된다. 이런 정신적 능력이 곧 자유다.

아버지의
이름으로

아버지의 이름으로
56cm*40cm 판넬에 혼합재료 2022년

〈아버지의 이름으로〉는 1974년의 영국 폭탄테러 사건의 범인으로 몰려서 온 가족이 옥살이해야 했던 '제리 콘론' 사건을 바탕으로 한 다니엘 데이 루이스 주연의 영화 제목이다. 무고한 청년이 걸려들어 고문받고 거짓 자백을 한다. 아버지가 옥에서 사망하고 청년은 14년의 억울한 감옥 생활을 한다. 이후 아버지의 이름으로 무죄판결을 받아 내기 위한 투쟁의 과정을 그린 영화이다.

그동안 나는 이 작품에 맞는 최적의 제목을 찾지 못하고 있었다. 이제 이 〈아버지의 이름으로〉야말로 이 작품에 최적의 제목이라 여긴다. 저 검은 심연, 창살을 연상케 하는 붉은 바탕의 격자무늬, 고통받는 두 눈, 상처처럼 보이는 거친 붓질 또는 파스텔 자국들….

권력을 가진 자들에 의한 이러한 통탄스러운 사건은 지구상 곳곳에서 일어났고 지금도 일어나고 있다. 권력 유지를 위해 생사람을 잡는 천인공노할 행위들이 용서되어서는 안 된다.

1972년 영국 공수부대가 북아일랜드에서 평화적 시위대에게 발포하여 13명의 민간인이 사망하는 '피의 일요일' 사건이 발생했다. 이를 계기로 북아일랜드에서는 영국의 지배에서 벗어나야 한다는 분위기가 널리 퍼지고 있었다. '제리 콘론' 사건은 위기에 처한 영국 정부가 '정국 반전'을 위해 조작한 사건이었다. 이런 이야기는 우리에게 불행히도 익숙하다.

1969년 박정희 정권은 대통령의 3선 연임을 허용하는 헌법 개정안인 '3선 개헌안'을 날치기로 통과시켜 1971년 세 번째 연임을 시작하였고, 1972년 영구 집권을 위해 유신헌법을 제정하였다. 유신체제에 반대하는 시위가 전국적으로 번져나갔다. 이에 박정희 정권은 1974년 4월 3일 대통령긴급조치 4호로 '영장 없이 체포, 구속, 압수, 수색하여 비상군법회의에서 심판, 처단한다'라고 선언하고, 이어서

4월 25일 이른바 '인혁당 재건위 사건'을 조작하여 발표한다. 민주화운동 인사 8명에게 사형선고를 내리고 대법원판결 바로 다음 날인 1975년 4월 9일 새벽에 8명 전원 사형을 집행한다. 박정희 정권의 '정국 반전'을 위한 끔찍한 희생양이었다.

1991년 4월 26일 학원 자주화 시위를 벌이던 명지대생 강경대 군이 백골단의 쇠 파이프를 휘두른 집단구타로 사망하는 사건이 발생한다. 이 사건은 대학생과 민주화운동 세력의 거센 분노를 불러일으켰고 노태우 정권은 전국적인 반정부시위에 직면하게 되었다. 혈기 가득한 젊은 청년 학생들의 절망적인 연쇄적 분신자살은 반정부시위를 더욱더 거세게 만들고 있었다. 서강대 총장 박홍이 "죽음을 선동하는 배후 세력이 있다"라는 주장을 했고 시인 김지하도 '죽음의 굿판을 걷어치워라'라는 칼럼을 발표했다. 검찰은 '분신자살의 조직적 배후 세력 수사'를 천명했다. 이런 와중에 전민련 간부 김기설이 서강대에서 분신 후 투신, 자살했다. 검찰은 이 사건의 배후 인물로 강기훈을 지목하고 그가 김기설의 유서를 대필하면서 자살을 방조했다고 기소

했다. 결국 강기훈은 3년 형을 선고받고 복역했다. 24년이 지나서야 그의 무죄가 인정되었다. 그러나 당시 강기훈을 고문하고 사건을 조작한 검사들은 아무도 처벌받지 않았다. 그들은 반정부시위로부터 독재정권을 보위하는 역할을 해야 했고 어떻게든 '정국 반전'의 기회를 만들어내기에 혈안이 되어 있었다. 그리고 그들은 성공했다.

2017년 5월 출범한 문재인 정부는 정권 출범 전부터 검찰개혁을 대선 공약으로 제시했고 정권 초기부터 국정 과제로 검찰개혁을 거론하였다. 이를 위해 고위공직자범죄수사처, 검경 수사권 조정, 중대범죄수사청 신설 등을 추진하였으며 나아가 검찰청을 해체해 검찰 수사권 완전 박탈을 이루어 내 기소만 전담하는 공소청으로 격하하려 했다. 이 나라의 검찰조직은 사상 최대의 위기 상황에 몰리고 있었다. 그들은 얌전히 권력의 치명적 약화를 받아들일 생각이 추호도 없었다. 대대적인 정치적 반격을 준비했고 과감하게 실행했다. 나아가 검찰총장을 대통령으로까지 만들어냈다. 이것이 현재진행형인 검찰 관점의 '정국 반전'이고, 이른바 '조국 사태'의 본질이다.

인간

탐구

인간 탐구

53cm*41cm 캔버스에 종이와 아크릴 2012년

이 그림은 사회공동체 속의 인간을 표현한 초기작이다. 모든 인간은 인간으로서의 본성이나 또 인간으로서의 겉모습은 별 차이 없지만, 저마다의 사회적 위치, 경제적 여건, 정치적 입장, 개인적 성향 등 많은 면에서 서로 뚜렷이 다르기도 하다. 공동체 속에서 서로 협력하고 의존하기도 하고 대립하고 충돌하기도 한다. 누군가는 다른 누군가와 갈등하다가 혹은 사회 속에서 고립되고 배제되다가 범죄를 저지른다. 사회는 그들을 비난하고 처벌한다.

끔찍한 범죄는 종종 가해자에 대한 사회적 공분을 불러일으킨다. 정부나 언론은 가해자에 대한 비난과 처벌에 목소리를 높인다. 때로는 변명의 여지가 없는 경우도 있지만, 공동체의 성찰이 필요한 경우도 있다. 하지만 많은 경우 그러한 성찰의 목소리는 비난과 처벌을 강조하는 목소리에 덮여버리기 일쑤이다. 무엇이 중요한가? 분노의 감정을 가혹한 처벌로 달래면 그것으로 문제는 해결되는가? 공동체의 사회적 통합을 위한 노력을 이렇게 외면해도 되는가?

넷플릭스 드라마 〈D.P.〉는 헌병대의 탈영병 체포조 활동이라는 소재를 이용하여, 인간 삶의 다면성과 복잡성, 사회의 구조적 모순 등을 조명하는 훌륭한 일을 해내고 있다. 그런데 과거 군시절 스스로 D.P.로 활동했다는 모 개그맨이 그 드라마를 거론하며 자신이 '검거율 1위'였음을 자랑했다는 사실이 언론을 통해 알려졌다. 탈영이라는 일탈 현상의 배경과 원인에 대한 인문학적, 사회학적 분석을 시도한 드라마 앞에서 탈영병 체포의 무용담을 늘어놓는 것은 드라마에 대한 모욕과도 다름없는 짓이었다.

공동체의 안녕을 위하여 범죄행위를 단죄하는 일은 당연히 필요하다. 그러나 가해자의 명백한 악의에 의한 범죄행위만 있는 것이 아니다. 수많은 대립과 갈등으로 들끓고 있는 곳이 인간사회이고, 수많은 법률 위반 행위들이 인간 사이의 깊은 갈등, 사회의 구조적 모순 등을 배경으로 하여 복잡한 인과관계를 갖고 발생한다. 모든 법률 위반 행위들에 대해 그저 범죄를 저지른 당사자에게만 책임을 물으며 가혹한 처벌로 해결하려 한다면 그것은 오히려 공동체의 안녕을 결과적으로 위협하게 되는 매우 위험한 태도가 아닐 수 없다. 최근의 묻지마 칼부림과 같은 범죄 현상에 대해 '가석방 없는 종신형'을 거론하면서 오직 범죄 당사자에 대한 비난과 처벌만을 강조하는 태도는 매우 우려스러운 일이다. 묻지마 범죄는 사회 전체를 적으로 간주하며 벌이는 극단적인 자포자기 행위이다. 사회의 구조적 모순이 만들어 낸 이 같은 범죄에 대해 깊은 성찰과 사회적 통합의 노력이 요구되는 상황에서 오히려 '고립과 배제'라는 범죄 발생의 원인 자체를 더욱 강화하는 방향으로 나아간다는 것은 참으로 어리석은 일이 아닐 수 없다.

단편영화 〈우리 죄를 사하여 주옵소서〉는, 1939년 이른바 'T4 작전'이라는 이름으로 나치가 장애인 30만 명을 살해한 사건을 묘사하고 있다. 그들은 장애인에게 드는 사회적 비용을 거론하며 장애인을 죽여 없애는 해결책을 제시

했고 이를 실행했다. 나치는 유대인 600만 명만 학살한 게 아니라 장애인, 동성애자, 집시, 반나치주의자 등 비유대인 500만 명을 학살했다. 여기에 나치만이 아니라 독일 사회의 수많은 평범한 사람들이 동조하고 협력했다. 문제 있는 사람들을 솎아내고 배제하면 문제는 해결된다는 단순하고 이기적이고 폭력적인 사고방식을 공유했기 때문이다. 당신도 이러한 나치즘의 노선에 동조하는가?

사이코패스는 선천적 공감 능력 결핍자이고 소시오패스는 후천적 공감 능력 결핍자를 일컫는다. 범죄인의 정신을 분석할 때 사용되는 이 용어를 스스로에게 던져보자. '똑같은 상황과 조건에 놓였을 때 과연 나 자신은 어떻게 행동했을까?' 하는 인간적 의문을 품어보지 않는 나는, 사이코패스나 소시오패스와 얼마나 다른 인간인가? 어떤 선의를 가진 인간도 인간관계의 복잡한 갈등 구조와 사회의 구조적 모순으로 인해 위법 행위자가 되어버리는 경우는 허다하다. 〈D.P.〉에서 '착한 선임' 조석봉의 일탈은 사회의 모순이 어떻게 개인의 인간성을 파괴하는지 생생히 보여준다.

사람의

아들

사람의 아들
56cm*40cm 판넬에 아크릴, 오일파스텔 2022년

이 작품은 우리 마음속에 형성된 상처를 표현한 작품이다. 공감과 위로가 되기를 바라는 마음을 담았다. 하지만 이 작품을, 어떤 영화를 위해 기꺼이 달리 해석될 수 있도록 여기 소개할 생각을 하게 되었다.

어떤 공동체 내의 사람과 행위가 분명히 모두 악인이고 악행이었는데 부지불식간에 그 모든 이와 행위가 선인이고 선행인 것으로 뒤바뀌어 버릴 수도 있다는 그런 이야기. 이렇게 고정관념을 흔들어 버릴 수 있는 예술이 있다면 칭찬받아 마땅하다. 여기서는 무엇이 선이고 악이냐가 중요한 것이 아니라 고정관념이 흔들리는 체험 그 자체가 중요한 것이다. 그런 체험은 우리가 세상사를 겸손하게 대하도록 할 테니까.

이승원 감독의 〈해피뻐스데이〉. '누적 관객 492명.' 대중적으로 환영받을 영화는 애초부터 아니었더라도 이 정도로 외면받을 영화도 절대로 아니다.

원피스 속 브래지어를 드러낸 채 낯선 남자와 통화하는 상훈은 남자로부터 사랑받고 싶어 하지만 남자의 몸이다. 막내 승환은 본드를 했는지 식칼을 들고 들어와 다 죽여버리겠다고 난리를 친다. 틱 장애가 있는 건달 성일은 망나니 같은 게임중독자 정복을 며느릿감으로 데리고 들어온다. 기태는 알고 보니 동생 성일의 애인을 약을 먹여 강간하고 마누라로 삼은 인물인데, 본인도 엄마가 동네 깡패에게 강간당해 낳은 아들이다. 담배와 욕을 달고 사는 엄마는 뇌성마비로 누워서 짐승처럼 살아온 큰아들의 생일날 약을 먹여 큰아들을 죽이기 위해 온 가족을 불러 모았다. 잔소리꾼인 외삼촌은 조카들에게 살인에 동의하는 각서를 받고 누나에게 돈을 받아 나간다. 성일과 그 친구들에게 집단강간당했던 아현은 종일 핸드폰만 쳐다보며 딸인 것처럼 함께 살고 있다. 며느리 선영은 자기 아이가 성일의 아이인지 기태의 아이인지 알지 못한다. 그 어떤 영화에서도 이처럼 강렬한 가족 설정을 본 적이 없다. 지리멸렬에 대환장 난리통이다. 엄마가 큰아들 마지막 길을 위해 부른 성도우미는 자기 일에 너무도 성실하고 진지하다. 그래서 영화는 더욱 그로테스크하다.

이 기막힌 가족구성에 혀를 차던 나는 어느 순간부터 묘한 마법에 빨려 들어갔다. 저마다 내면에 품은 진정성을 인정하면서부터 이들이 전혀 달리 보이게 되었다.

여자이고 싶은 상훈의 마음은 너무도 진실하고 절실하다. 불쌍한 큰형을 왜 죽이냐고 항의하는 승환은 그냥 좀 모자랄 뿐 착하다. 성일은 화장실에서 여학생을 강간하는 동네 깡패를 두드려 패고 동생 승환을 구한다. 선영은 "저 같은 여자를 며느리로 거두어 주셔서 감사하다"라고 말한다. 정복은 게임에서 중국 아이들의 인해전술에 맞서 싸우다 패배하고 동료들과 실의에 빠졌다. 엄마는 음식에 직접 약을 타는 행위를 저어하는 아들과 며느리를 보며 "내 자식 내가 죽여야지"라며 자기 손으로 약을 넣는다.

배우들의 연기는 누구 하나 부족함 없이 훌륭하고 대단했다. 관객의 시선을 끌어들이는 강한 흡입력은 실로 강력했다. 영화 내내 얼굴 한번 보이지 않는 큰아들은 의도했던 대로 조용히 죽어주신다. 가족은 시신을 가방에 담아 처리해 주기로 약속한 사람들을 만나러 기태가 몰고 온 미니 '뻐스'를 타고 떠난다.

선과 악의 구별은 법률을 대신하는 원시공동체의 행위 규범이다. 이 영화는 선과 악에 대한 관념이 다르게 형성될 수도 있다는 문제를 제기한다. 이야기의 기본줄기인 '큰형을 죽인다'라는 행위를 아무도 악으로 생각하지 않는다. 영화에서 '큰형'의 얼굴이 보이지 않기 때문에 관객도 그 관념을 받아들이게 된다. 고정관념이 흔들리는 체험을 하게 해주는 문제적 예술의 힘이 느껴진다.

인생

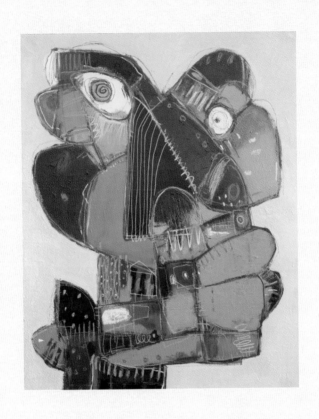

인생
117cm*91cm 캔버스에 아크릴, 오일파스텔 2023년

나홍진 감독의 영화 〈황해〉. 식칼과 도끼와 소 뼈다귀로 사람을 도륙하는 조폭 영화라고 말하기에는 이 영화가 주는 울림이 너무 깊다. 좋은 예술은 어떤 것일까? 스스로의 삶을, 자신이 놓인 현실의 세계를 반추하고 되짚어 보게 하는 예술이 좋은 예술이 아닐까? 이 영화는 그런 점에서 매우 예술적이다. 인생이라는 사슬이 언제부터 꼬여버렸는지 알 수 없지만 꼬여버렸기 때문에 더 꼬이고 꼬이고 꼬여서 깊은 파국을 맞게 되는 이야기. 식칼 휘두르고 도끼로 찍고 소 뼈다귀로 내려치고 하는 장면들이 잔인하지만, 꼬여버린 삶의 비극성이 차라리 더 잔인하고 지독하다. 계획한 대로, 소망한 대로 나아가지 못하고 혹은 역사의 소용돌이 속에서 혹은 이런저런 우연한 사건과 인물과 접하면서 굴곡을 지으며 흘러가는 삶의 부조리성 앞에서 인간은 얼마나 나약한 존재이던가….

　　나는 그림 속에서 우리 인생의 그 같은 부조리성을 표현하고 싶었다. 이 그림이 이 세상의 수많은 꼬여버린 인생들에 대한 공감과 위로가 되기를 소망해 본다.

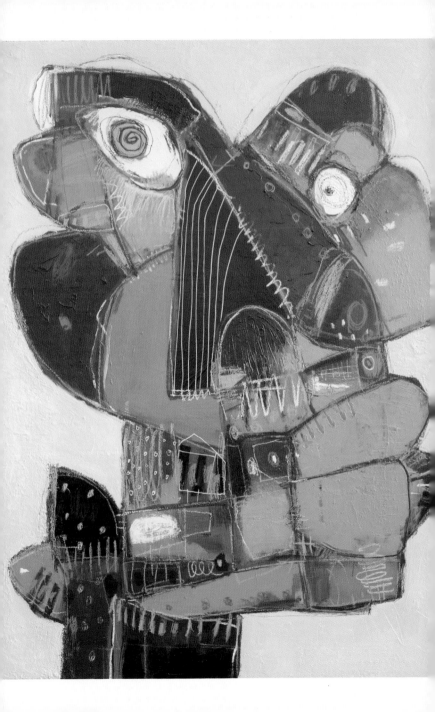

"가장 나쁜 것은 폭력에 따른 죽음의 공포이며, 인간의 삶은 고독하고 가난하며 추잡하고 야만적이며 덧없는 것이다." 사회계약 이전의 자연 상태는 '만인의 만인에 대한 투쟁'이 지배하는 세상이라고 한 홉스의 말이다. 우리는 고대나 중세를 배경으로 하는 영화를 볼 때마다 그 시대에 태어나지 않은 덕에 '폭력에 따른 죽음의 공포'를 확연히 덜 느끼면서 살고 있음을 실감하게 되곤 한다. 그러나 '폭력에 따른 죽음의 공포'는 21세기인 지금도 여전히 사라지지 않고 있고, 정치적, 경제적 이권을 둘러싼 대립이라는 전쟁의 본질은 예나 지금이나 그대로이다. 야생의 동물들 사이에서 먹고 먹히는 생존의 전쟁은 완연한 일상인 데 비해, 인간사회는 그렇게 서로를 잡아먹는 전쟁을 벌이지는 않는다. 하지만 인간사회가 문명화된 제도와 법률에 따라 관리되고 있음에도 불구하고 그 본질에 있어서는 '만인의 만인에 대한 투쟁'이 여전한 세상이라는 사실은 분명하다. 모든 것이 폭력과 술수, 힘과 기만에 따라 결정된다고 한, 자연 상태에 대한 홉스의 언급으로부터 현대의 문명사회는 그리 자유롭지 않은 게 사실이다.

누구는 좋은 대학, 좋은 회사에 합격하고 누구는 불합격한다, 정당한 혹은 비겁한 노력을 기울여 경쟁자를 물리치고 계약을 따낸다, 누구는 승진에 성공하고 누구는 도태하여 명퇴를 선택한다, 누구는 타협을 선택하고 누구는 파업을 벌이다 구속되고 해고당한다, 치킨집을 열어 거의 휴일도 없이 일하다 누적된 적자로 문을 닫는다, 평생 모은 돈을 사기로 잃는다, 분노를 주체하지 못하고 상대방을 때리고 죽인다…. 이렇게 인간은 서로 투쟁하며 삶을 살아간다. 하지만 문명사회의 인간은 고도로 분업화된 복잡한 사회 구조 속에서 서로 다른 인간 덕분에 생존을 영위한다. 제품을 생산해 판매하는 대기업도 노동자에 의존하고 있고 소비자의 선택을 필요로 한다. 국가의 고위권력자들도 국민의 세금에 의존하면서 자신의 공적 역할을 수행하는 신분이다. 인간사회의 과제는 '만인의 투쟁'을 어떻게 더 평화적으로 관리하면서 '만인의 의존과 협력'을 어떻게 더 효과적으로 만드는가에 달려있다고 표현할 수도 있다.

인간사회의 기득권자는 '만인의 투쟁'에서 강자이고 승리자이다. 만인이 서로 투쟁하는 현실의 세계는 그들에게는, 자신이 강자이고 승자임을 확인할 수 있는 게임의 공간이다. 공동체 내 인간들 사이의 상호존중, 협력과 공존을 위한 정신의 고양과 제도의 발전에 관심을 가질 이유가 그들에게는 없다. 지배적 기득권자들은 자신들끼리의 은밀한 유착과 거래만 원할 뿐 공동체주의적 정신은 그들에게 차라리 해악이다. 당신은 '나의 안녕과 행복을 위해서라도 공동체의 안녕과 발전에 관심을 가져야 한다'라고 믿는 쪽인가, 아니면 '나의 이익과 성공은 나 개인의 인적, 물적 자산에 달려 있을 뿐'이라고 생각하는 쪽인가? 당신은 어느 편인가?

부조리한

세계

부조리한 세계
116cm*91cm 캔버스에 아크릴, 오일파스텔 2023년

사람의 얼굴이 보이는 점 외에 모든 형상이 저마다 제각 각이고 무질서하고 혼란스럽다. 나는 이 작품을 우리 인간 세상에 대한 상징과 은유로써 좋아한다. 세상은 모순에 차 있고 부조리하다. 그런 세상은 인간이 만들었고 세상이 다 시 인간을 규정한다.

최근에 본 영화 〈오펜하이머〉야말로 이런 나의 세계관을 생생히 지지해 주는 영화이다. 영화 속에서 오펜하이머는 나치에 대항하여 원자폭탄을 만드는 프로젝트에 참여한다. 그러나 원자폭탄의 그 엄청난 파괴력에 오펜하이머는 공포 심과 책임감을 느낀다. 과연 자신이 인류 파멸의 연쇄반응 을 시작한 것이 아닌가 하는 회의를 품는다. 그는 핵폭탄에 대한 국제적 규제를 강조한다. 그러나 이런 태도는 소련의 첩자라는 매카시즘의 공격을 받게 된다. 모순이고 부조리 고 역설이다.

나의 이 그림에 차라리 '오펜하이머'라고 이름 붙여도 불 만이 없을 만큼 이 그림은 영화와 철학적 토대가 상통한다.

영화 〈오펜하이머〉를 실제로 보기 전 어느 티브이 프로 그램에서 이 영화를 언급하는 장면을 먼저 접했다. 방송은 원자폭탄의 원리에 대한 설명에 많은 시간을 할애했다. 영화를 직접 보고 나서 나는 매우 실망했다. 이 영화를 그저 원자폭탄의 원리에 관한 관심으로만 소비하다니! 영화에 대한 배신이고 모독이었다. 영화를 인터넷으로 검색해 보았다. 한글로 된 문서는 공통으로 이 영화를 '오펜하이머의 전기영화'라고 소개한다. 틀린 말은 아니지만 이 또한 나를 화나게 했다.

나의 문제, 내 가족의 문제 또는 내 나라의 문제가 워낙 절박하면 인류 공통의 문제에 관심을 가질 여유가 없다. 나는 이것을 후진국의 낮은 문화적 의식 수준의 배경 중 하나로 이해한다. 이 영화를 소비하는 방식에서 우리나라가 여전히 문화적으로는 후진국임을 확인하게 된다. 이 영화는 원자폭탄 개발 원리에 호기심을 갖게 하는 영화도 아니고, 그저 유명한 과학자의 일대기를 그린 단순한 전기영화도 아니다. 이 영화가 제기하는 문제의식을 충분히 이해하지 못하는 한 어떤 찬사도 비평도 후진국의 그것이 될 수밖에 없다고 나는 생각한다.

"나는 이제 죽음이요 세상의 파괴자가 되었다.", "파멸의 연쇄반응이 시작되었다." 오펜하이머의 이런 독백이 흔한 SF영화 속 주인공의 대사처럼 그저 거창한 서사의 아우라를 만드는 장식물처럼만 들리는가? 영화는 시종일관 '핵전쟁으로 인한 인류 멸망의 위기'라는 지금 우리 인류의 공통의 첨예한 문제를 '오펜하이머의 모순'이라는 형태로 치열하게 구성하고 표현하며 문제제기하고 있는데 우리의 영화 읽기는 왜 이리도 건조하고 무심하단 말인가?

일본의 두 도시에 원자폭탄이 투하된 후 오펜하이머는 프로젝트에 참여한 과학자들과 가족들이 모인 자리에서 연설한다. 청중은 구둣발로 마루를 구르며 열광하고 오펜하이머는 프로젝트의 성공을 자축한다. 건물이 흔들리고 섬광이 번쩍이며 오펜하이머의 발은 재가 되어버린 피해자의 몸에 들어가 있다. 영화의 클라이맥스는 다른 장면이 아닌 바로 이 장면이다. 구둣발 구르는 장면은 영화에서 매우 의미심장하다. 그것은 오펜하이머에게, 원자폭탄 개발에 대한 대중의 환호이면서 동시에 인류 파멸의 위험성에 대한 엄중한 경고의 소리이기도 하다. 수소폭탄을 개발하여 소련에 대항해야 한다는 주장이 제기되는 회의 석상에서 오펜하이머는 전율한다. 그는 그 주장에 반대하며 오히려 원자력을 국제적으로 규제해야 한다는 의견을 피력한다. 이 순간 감독은, 영화의 구성상 폭탄 투하 축하 연설 장면보다 앞서 나오는 장면이었지만 뒤에 나올 구둣발 구르는 장면을 삽입하여 오펜하이머의 복잡한 심경을 묘사한다.

영화의 원작인 《아메리칸 프로메테우스》의 저자 버드와 셔윈은 한국어판 서문에서 '한반도에서의 핵 대결은 여전히 무서운 현실로 남아 있다'며 '오펜하이머의 삶과 고민은 누구보다도 대한민국의 독자들에게 실제로 중요한 가치를

지닐 것'이라고 썼다고 한다. 비록 일각의 모습이겠지만,
영화 〈오펜하이머〉에 대한 후진국다운 무심한 소비 태도를
보자면 원작 저자의 진지한 지적이 오히려 공허하게 들려
온다.

Paradox

Paradox

60cm*80cm 판넬에 아크릴, 종이 2021년

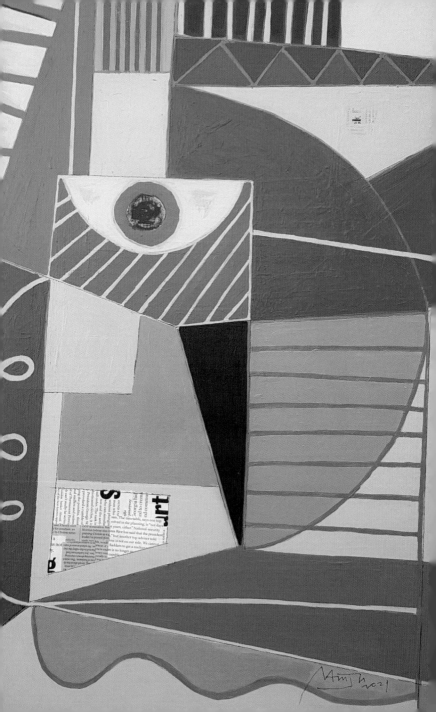

이 그림은 분명 어떤 구조물이다. 여기서도 사람의 얼굴을 연상할 수 있는 눈과 코와 입이 보인다. 인간이 만들었으나 인간을 위한 구조로 작동하지 않는 '소외된 구조'를 나는 그리고자 했다. 원시공동체 이후 모든 인간사회는 사회적 구조를 만들어 작동시키며 문명을 발전시켜 왔다. 인간이 더 잘 살기 위해 그러한 사회적 구조를 만들었겠으나 그 구조는 그리 '인간적인' 구조가 아니었다. 노예와 농노 그리고 노동자에 대한 착취의 구조이기도 했고, 권력을 둘러싼 치열한 각축의 공간이기도 했고, 전쟁을 벌여 수많은 젊은이를 죽음으로 몰아넣는 구조이기도 했다. 인간의 행복을 위해 기능해야 할 인간사회의 구조가 오히려 인간의 행복을 파괴하고 심지어 목숨까지 잃게 만드는 소외되고 모순된 구조가 되었다. 우리는 여전히 그렇게 모순되고 역설적인 사회구조 속에서 살아가고 있다.

정주리 감독의 영화 〈다음 소희〉에서 나는 내 그림 'Paradox'와의 강렬한 공명을 체험한다.

2017년 1월, 전주에서 대기업 통신회사의 콜센터로 현장실습을 나갔던 고등학생이 3개월 만에 스스로 목숨을 끊었다. 이 사건으로 인해 콜센터의 극심한 감정노동 실태와 열악한 업무환경이 드러났고, 많은 이들이 분노했다.

이 사건을 모티브로 한 영화 〈다음 소희〉는 당찬 열여덟 고등학생 '소희'가 현장실습에 나가면서 겪게 되는 사건과 이를 조사하던 형사 '유진'의 이야기를 그린다. 평범한 학생 '소희'가 졸업을 앞두고 일을 시작하며 처음으로 맞닥뜨린 것은 현장실습생에게조차 실적에 대한 압박을 가하며 정당한 대우를 하지 않는 부조리한 현실이다. 소희는 결국 스스로 생을 접는다. 형사 '유진'은 이 사건을 쉽사리 마무리 짓지 못한다. 유진은 누가, 무엇이 소희를 죽음에 이르게 만들었는지를 추적한다. 회사와 학교를 찾아가고, 교육

청을 찾아가고 장학사도 만나지만, 자기에게 책임이 있다고 시인하는 이는 아무도 없다. 정주리 감독은 〈다음 소희〉를 통해 '소희'의 죽음과 그 이후에 느낄 '유진'의 무력감을 현실적으로 그린다. 소희의 '다음'은 영화 속에서 곧 '태준'이고 영화 밖에서는 이 땅의 수많은 꽃다운 청년들이다. '태준'이 흘리는 눈물은 곧 유진과 감독의 눈물이며 내 주변 청춘들의 눈물이다.

기업체와 국가와 학교는 인간의 사회구조를 구성하는 하나하나의 톱니들이다. 이 톱니들을 구성하고 움직이는 존재도 인간들이고 이 톱니들의 존재의의도 인간의 복리일 것이다. 그러나 쉬지 않고 돌아가는 톱니바퀴에 끼여 사람이 고통받고 목숨을 잃어도 이 톱니바퀴들은, 톱니를 움직이는 사람들은 아무런 책임을 느끼지 않고 너무도 무심하다. 그들에게 의미 있는 것은 그저 실적을 나타내는 숫자이고 막대그래프이다. 도대체 무엇이 중요한가? 사람의 목숨을 갉아먹으며 앞으로 나아간들 거기에 대체 어떤 소중한 것이 남아있단 말인가?

젊은 시절의 나는, 이런 모순된 체제에 대항하여 근본부터 엎어버리려는 혁명운동에 뛰어들었다. 그러나 그로 인해 8년의 청춘을 빼앗겨야 했고, 인간존재의 한계와 모순을 깨달으며 절망해야 했다. 인간의 이성이 아무리 고상하다고 해도 인간존재는 그저 자기중심적으로 움직이는 하나의 고등동물일 뿐이다. 개인으로서 인간은 대체로 선하고 대체로 온순하고 대체로 의롭지만, 모순된 구조 속에서 벌어먹는 인간은 구조의 규정과 질서에 구속되어 오히려 대체로 냉정하고 대체로 기만적이고 대체로 악한 그런 존재로 움직이게 된다. 이러한 모순과 역설을 어찌해야 한단 말인가?

'충격적이면서 눈을 뗄 수 없게 하는 작품', '최고의 영화', '칸 영화제의 숨은 보석', '강렬하고 깊고 독보적이다' 등 〈다음 소희〉에 대한 해외언론의 온갖 뜨거운 찬사는 이런 근본적인 문제의식에 대한 공감을 보여준다. 그런데도 10만을 겨우 넘긴 국내 관객 수는, 무엇을 보여주는가?

어떤

인생

어떤 인생
80cm*60cm 판넬에 아크릴 2023년

인생을 40년 혹은 50년 이상 살아보면 '멋진 인생' 같은 건 없다는 걸 알게 된다. 남의 인생에 덕담으로 얘기할 수는 있어도 자기의 인생에 대해 그런 표현이 얼마나 공허한 소리가 되는지 스스로 안다. 남의 눈에는 찬란한 성공만 보이지만 그 이면에 얼마나 많은 굴욕과 실패가 있었는가? 남의 눈에는 더없이 행복해 보이지만 남모르게 얼마나 많은 갈등과 다툼이 있었는가? 아무리 거창해 보이는 인생도 결코 아름답지만은 않고 아무리 화려해 보이는 인생도 비루한 구석이 없을 수 없다. 그 모든 어둡고 그늘진 구석까지 스스로가 다 껴안을 수 있을 때 비로소 우리 눈에 자기의 인생이 제대로 보이고 사랑스러운 것으로 보일 것이다. 세상에서 가장 강한 사람은, 자기 인생의 모든 구석을 꿰뚫고 있는 사람, 그래서 진정으로 자기 자신을 사랑할 줄 아는 사람일 것이다. 스스로를 정직한 눈으로 살펴볼 줄 아는 사람, 자랑스러운 구석만이 아니라 부끄러운 구석까지 똑바로 들여다보고 헤아릴 줄 아는 사람, 날마다 스스로를 돌아보며 깨끗이 닦는 사람. 그렇게 성실하게 살아가다 보면 어느 순간 '내 인생 꽤 멋진 인생이네' 하고 느껴지는 날이 올지도 모르겠다.

내 아버지는 엄격한 성품의 직업군인 출신이다. 8년 감옥살이하는 동안 아버지는 면회 한 번 안 오셨다. 내가 구속된 지 2년이 채 안 되었을 때 어머니가 돌아가셨는데, 사인이 간암이었다. 80년대에 간경화증 판정을 받으신 아버지를 수발하면서, 살아있는 간이 3분의 1밖에 남아 있지 않던 아버지는 멀쩡해지셨는데 어머니는 간암에 걸리셨고 돌아가시기 두세 달 전에야 그걸 아셨다. 돌아가실 적 어머니 나이 52세였다. 우리 삼 형제에게 아버지는 평생 어머니와 세 아들 위에 군림하는 독재자였다. 두 동생이 아버지를 외면하는 것에 대해 안타깝지만 나로서는 화를 내지 못한다.

아버지는 8년 옥살이한 아들을 하룻밤 재운 후 돈 오백만 원을 주며 방을 구해 나가라 하셨다. 나는 혼자였고 무일푼이었다. 출소 후 만난 여인과 결혼했다. 세월이 흘렀다. 나도 세 아이의 아버지가 되었다. 병약해진 아버지에게는 매일 몇 번이라도 통화할 수 있는 큰아들이 세상과의 유일한 끈이었다.

충북 제천 출신의 아버지는 공부와 주먹 양쪽으로 다 일등을 하던 학생회장이었다. 호방한 할아버지가 재산을 다 탕진하시는 바람에, 사병으로 입대한 군에서 아버지는 부모 봉양을 위해 간부후보생에 지원하여 말뚝을 박게 되었다. 벌목판 우두머리였던 할아버지가 바람이 나 새살림을 차려 나갔는데, 중풍이 들었다는 소식에 가보니 입은 옷에 하얀 이들이 가득 덮여있더라는, 그대로 둘러업고 집으로 돌아왔더라는 얘기를 어릴 적부터 들었다. 아버지의 꿈은 그렇게 꺾여버렸고 구멍 난 가슴 속을 술과 주먹질로 채웠다.

아버지는 월남에 파병 다녀오신 뒤로는 서초동 정보사로 사복 차림으로 출근하셨다. 논두렁길을 건너 아버지 회사를 따라갔던 기억이 있다. 아버지가 북한으로 간첩 보내는 일을 하셨다는 걸 나중에 알았다. 아버지는 늘 기록을 남기는 습관이 있었다. 집에 있는 모든 가전제품 박스에는 구매한 연월일시와 장소가 한자로 적혀 있곤 했다. 모든 물건은 사용 후 제자리에 정확히 놓여 있어야 했다. 밥상 앞에서 세 아들은 나란히 무릎을 꿇고서 편히 앉으라는 명령을 기다려야 했다. 아버지의 완벽주의와 가부장적 윤리 때문에 어머니와 우리 세 아들은 몹시도 힘들었다.

그랬던 아버지가 이제 숫자 하나도 기억하지 못하신다. 일주일 전쯤 아버지와의 통화. 아버지, 다음 주 화요일 보라매병원 진료입니다. 그게 며칠이냐. 12월 8일입니다. 오늘은 며칠이냐. 12월 3일입니다. 며칠이 진료라고? 8일입니다. 오늘은? 3일입니다. 그러니까 오늘이 8일이라고? 아니요, 오늘은 3일입니다. 진료는? 8일입니다. 아버지는 다음 해 여름 어느 날부터 식음을 전폐하시더니 말없이 떠나가셨다.

출소한 날 아버지 집에 갔을 때 나는 보았다. 나의 사건 관련 신문 기사들이 모두 스크랩된 것을. 가장 기대가 컸던 장남에게 크고 깊게 상처받고 배신당하신 아버지. 어머니 떠나고 30년을 홀로 외롭게 버티다 가신 내 아버지였다.

슬픈

얼굴

슬픈 얼굴
116cm*91cm 캔버스에 아크릴, 오일파스텔 2023년

당신을 슬프게 하는 것은 무엇인가? 사랑하는 이와의 갈등, 힘들고 고된 노동, 주위의 무시와 편견, 계속되는 실패와 가난, 가족의 질병이나 죽음, 정치적 갈등과 핍박…. 슬픔 없는 사람은 아무도 없다는 사실은 얼마나 위로가 될까? 예술은 위로가 될 수 있을까? 공감하게 할 수 있다면 아마도. 슬픈 얼굴을 그리려 의도한 것은 아니었으나, 참 슬픈 얼굴이 되었다. 두 눈도 슬퍼 보이고, 입술도 슬퍼 보인다. 둘러싼 모든 것이 그를 슬프게 한다.

젊어서는 슬픔의 감정을 몰랐다. 혼자만의 힘든 시간을 겪고 나서는 슬픔을 안다. 아니, 감옥 안에서 인간존재가 자기 한계를 넘어서지 못하는 존재라는 철학적 깨달음을 얻은 이후부터는 내 일이 아니더라도 세상 돌아가는 모습만 보고서도 슬프다. 세상사는 내 가슴에 분노를 안기지만 결국에는 슬픔의 감정이 저 아래에서 스며 올라와 그 위를 덮어버리곤 한다. 그래서 부지불식간에 이토록 슬픈 얼굴이 그려진 것이리라.

내가 90년 가을 구속된 다음 해 봄 나의 생일날 어머니가 면회를 오셨다. 나는 아버지에 대한 비난과 원망의 목소리만 토해내었다. 말없이 면회를 끝내고 나가신 어머니는, 다음 해 여름 대구교도소에 있던 내게 사망 소식으로만 찾아오셨다. 어머니가 돌아가셨다는 사실이 실감 나지 않았다. 눈물도 나지 않았다. 돌아가신 지 6년이 지나서야 나는 어머니의 묘소에 찾아가 절을 올렸다.

어머니는 덕성여고를 졸업했다. 어머니의 학업성적이 뛰어나서, 신설되는 덕성여대의 '총장'(아마도 입학처장)이 전액 장학금을 보장할 테니 딸을 입학시키시라고 외할아버지를 찾아왔다고 한다. 어머니는 자존심에 전혀 차지 않아했지만 외할아버지는 오히려 "계집애가 무슨!"이라며 살림 배우다 시집이나 가라고 대학을 보내지 않으셨다. 결국 어머니는 스물둘 나이에 전방부대의 육군소위와 결혼했다. 철원의 어느 시골집 단칸방 한가운데 세워놓은 옷장을 경계 삼아 시부모와 같은 방에서 자야 할 만큼 찢어지게 가난한 집안이라는 걸 미처 몰랐던가. 어느 날인가 방을 하나 얻어서 나가면 안 되냐고 말을 꺼냈고 그 말은 아버지의 자격지심을 자극하게 되었다. 훗날 아버지는 "그날 이후 모든 사랑의 감정이 차갑게 식어버렸다"라고 회고하셨다. 어머니는 거의 20년간 아버지의 주정과 폭력을 받으며 살게 되었다. 초등학교 시절 나와 동생들은 옆방에서 들려오는 아버지의 술에 취한 고함과 어머니의 머리가 벽에 부딪치는 끔찍한 소리를 들으며 밤잠을 깨곤 했다.

아버지가 월남에 가 계신 동안 어머니는 월남에서 보내오는 미군용 식용유나 전자제품을 주변에 팔아 돈을 모았다. 어린 나이에도 과연 아버지가 돈 주고 사서 보내는 건가 하는 의문은 들었다. 어머니는 그렇게 모은 돈으로 구멍가게 같은 가내 수공업 공장을 운영하기 시작했다. 어머니가 밀린 대금을 받아내려 원청공장을 찾아가 밤새도록 돌아오지 않아 성탄절마다 우울했던 기억이 난다. 적자가 계속되었지만 아버지에게 숨기며 홀로 일으켜 세우려 했던 어머니는 결국 감당하지 못할 상황에서 손을 들었고 아버지는 배신감에 분노하며 이혼을 결심했으나, 곧 마음을 바꾸고 어머니의 모든 빚을 떠안기로 하셨다. 아버지는 전방부대 대대장으로 나가 계신 때였고, 어머니와 우리 삼 형제는 산동네 단칸방으로 이사해 들어갔다. 넷이 누우면 방바닥에 남는 공간이 없었다. 고등학교 3년 동안 나는 단 하루도 빠짐없이 학교로 나가 공부했다. 학교가 나의 탈출구였다. 어머니는 더 이상 공장을 운영하지 않았다. 어머니는 파출부 일을 다니셨다.

나는 책임감 강한 맏아들이었다. 나는 내가 성공해서 어머니를 구원해 드리기를 간절히 원했다. 그러나 믿었던 장남이 대학 3학년이던 때 학내시위로 구속되었다. 몇 달을 감옥에서 살고 나오더니 또다시 스물일곱 나이에 감옥으로 끌려갔다. 이번에는 사건이 크고 무서워서 얼마나 살다 나올지 알 수 없었다. 운명은 가혹했다. 소화가 잘 안되던 어머니는 간암 말기인 것을 뒤늦게 알게 되었다. 어머니는 큰아들과 재회하지 못한 채 그대로 떠나셨다.

젊은 날의

눈물

젊은 날의 눈물
91cm•73cm 캔버스에 아크릴, 오일파스텔 2022년

나는 그림을 그리면서 배경과 인물을 구분하지 않으려는 작은 집착을 종종 보이곤 한다. 세상은 개인에게 영향을 끼치고 개인은 세상에 반응하고 세상을 변화시킨다. 이런 관점에서 우리는 모두 환경과 무관한 존재가 아니게 된다. 배경도 붉고 얼굴도 붉은 이 그림에 대한 나름의 변명이다.

　다만 얼굴을 그리려 했을 뿐인데 이토록 슬프게 눈물 흘리는 얼굴이 그려진 것에 대해서는 따로 변명하기가 어렵다. 아마도 내 가슴 속에 너무 많은 눈물이 고여 있음인가 하고 짐작해 볼뿐이다.

고등학교 1학년 때 상담차 학교에 찾아오신 어머니를 보고 친구들은 내게 "누나 오셨다"라고 했다. 어머니는 젊었고, 뛰어난 미인이었다. 이모가 셋이나 있었지만 장녀인 내 어머니의 미모가 최고라고 모두가 인정했다. 하지만 나는 어머니의 웃는 모습을 거의 본 적이 없다. 어머니의 표정은 늘 무거웠고 어두웠다. 어머니는 늘 슬펐다.

　대학에 들어가 내가 사는 이 나라가 어떤 나라인지 깨닫게 되었을 때부터 다른 친구들처럼 나는 늘 '집안 문제'를 고민했다. 어쩌면 남들처럼 '집안 문제'를 이유로 중도에 학생 운동을 포기하고 학업에 전념했더라면, 어머니의 오랜 상처는 위안과 보상을 받았을지도 모른다. 스무 살 때의 짧았던 첫 징역을 살고 나온 이후 어머니가 내게 눈물의 호소나 원망의 하소연을 퍼부었다거나 했다면, 어쩌면 마음약한 나는 그대로 마음을 돌려 효자의 길을 걸어갔을지도 모른다. 어머니는 단 한 번도 내게 이래라저래라하지 않으셨다. 체념이었을 수도 있고 네 인생은 네가 알아서 가야지 하는 현명함이었을 수도 있다. 어쨌거나 아버지 운도 남편 운도 좋지 않았던 어머니는 결국 자식 운도 없었다.

나는 맏아들로서의 죄책감을 잊지 못한다. 아무런 원망도 호통도 하소연도 하지 않으셨던 어머니. 그래서 나는 계속 슬프다.

영화 〈영웅〉을 보았다. 일제강점기의 조선독립군을 주인공으로 하는 영화에 80년대 군부독재에 대항했던 우리 세대는 너무도 강하게 감정이입이 될 수밖에 없다. 나라를 걱정하며 투쟁의 대열에 온몸을 기꺼이 내던지는 독립군의 심정은 젊은 날 우리의 고뇌와 결의 그대로이기 때문이다. 80년대에 우리가 즐겨 부른 운동권 노래 중에는 독립군가들이 여럿 있었다. 그 노래들은 곧 우리들의 노래였다.

아마도 음악의 힘 때문이리라. 이렇게 줄줄 쉼 없이 눈물을 흘리며 본 독립군 영화는 처음이었다. 내 눈은 스크린 속의 안의사와 어머니를 보고 있었지만 나를 울린 것은 젊은 날 나의 모습이었고 내 어머니에 대한 기억이었다.

안의사의 어머니 장면에서 나는 엉엉 울었다. 어머니 돌아가셨다는 소식을 감옥 안에서 들었을 때도, 돌아가신 지 6년 만에 어머니 묘소를 찾아가 처음 절 올릴 때도 터뜨리지 못한 울음을 이 영화를 보며 터뜨렸다. 손수건으로 입을 틀어막은 채 나는 어머니를 부르며 통곡했다. 걷잡을 수 없는 눈물의 바다였다. 아, 어머니, 나의 어머니!

청춘

회한

청춘 회한

45cm*53cm 캔버스에 종이와 아크릴 2021년

나의 그림 중에서 드물게 풋풋해 보이는 그림이다. 색도 그렇고 분할된 면들도 아기자기하다. 그럼에도 슬픈 기운이 느껴지는 것은 나만의 것인가? 마치 어릴 적 나와 동생들의 사진을 보는 느낌이다. 해맑은 얼굴들이 혹은 웃고 혹은 굳어 있다. 지금 환갑 넘은 눈으로 사진 속 동생들과 나의 옛날 모습을 보고 있다고 상상하니 가슴에 슬픔의 기운이 덮이는 걸 어쩔 수 없다. 한 번도 표현해 본 적 없지만 나는 어릴 적부터 형으로서 동생들을 사랑했다. 동생들의 이쁜 얼굴, 반짝반짝 빛나는 눈들을 사랑했다.

커서 제대로 형 노릇 하면서 어깨를 으쓱하는 경험을 해보기도 전에 시대의 소용돌이는 나를 동생들에게서 빼앗아 갔다. 강렬한 힘에 이끌려 나는 정신없이 투쟁의 전선을 뛰어다녔고, 이어서 생업에 몸과 혼이 휘둘렸다. 이제 고개 들어 보니, 되돌이킬 수 없는 세월의 거리와 늙어 버린 육신만큼 동생들과도 거리가 멀어졌다. 슬프지 않을 수 없다.

지난 대선 때 우연히 이재명 후보의 홍보영상 하나를 보게 되었다. 남양주 송추계곡의 '불법시설물 철거사업'을 위한 업주들과의 간담회 영상. 한 업주가 두드러지게 도지사를 향해 목소리 높여 항의하고 있었다. "생업을 위해 몇백 몇천씩 들여서 만든 시설인데 갑자기 하루아침에 철거하라고 하면 어떡하냐!" 한 살 아래의 내 친동생이었다.

내가 출소했을 때 동생은 을지로에서 작은 인쇄소를 운영하고 있었다. 동생의 인쇄소는 늘 적자로 허덕댔고 몇 년을 더 버티다 문을 닫았다. 몸 사리는 일 없이 어떤 일이든 성실하게 해내던 동생은 제대로 자리를 잡지 못하다가 오십이 넘어서 송추계곡에서 음식점을 시작했다. 가게에서 먹고 자면서 열심히 일해 여름 한 철 장사해 번 돈으로 다시 시설 투자를 하며 뒤늦게 미래를 키워가던 동생이었기에 도지사 앞이라고 눈치 볼 여유가 없었다.

훤한 미남이었던 동생은, 형보다는 자유분방한 성격이었기에 아버지의 엄격한 훈육을 못 견디고 고등학교 때 이미 가출해서 집을 나갔다. 술 마시고 싸움을 벌이면 초등학교 시절 배운 태권도 실력으로 벽을 딛고 날아다니며 발차기를 해대었다고 한다. 문무겸비의 아버지에게서 내가 '문'을 받았다면 동생은 '무'를 물려받았다. 형이 '문'으로 교도소를 들락거렸지만 동생은 다행히도 '무'로 감옥 생활까지 하지는 않았다. 동생은 우연히도 생년월일이 같은 여인을 만나 결혼하여 아들을 하나 두었다. 동생의 희망인 아들은 미술에 남다른 재능을 보였다. 미술학원 강사로 일하며 작가로서의 꿈을 준비하고 있다.

막냇동생이 미국으로 이민을 간 지 이제 20년이 되었다. 어머니와 가장 가까웠고 돌아가실 때까지 곁에 있던 막내는 아버지에 대한 원망으로 몇 년 전 아버지 장례 때도 들어오지 않았고 나는 비난할 수 없었다.

막내는 삼 형제 중 가장 총명했다. 내가 대학 시절 학내시위로 첫 감옥에 들어갔을 때 막내가 고3이었다. 의대 진학을 원했으나 집안 형편 때문에 좌절한 동생의 입시를 위해 나는 아무 도움도 주지 못했다. 대학을 졸업하면서 삼성에 합격했으나 최종 면접에서 탈락하고 말았다. 국가보안법으로 그해 가을 구속된 형 때문이었다. 형은 동생을 위해 도움은커녕 걸림돌만 되었다. 동생은 후에 제법 이름 알려진 가전제품 회사의 기획실에서 능력을 인정받으며 일하고 있었다. 그러나 어느 날 대기업에 합병 결정이 났고, 깨끗이 사표를 내버렸다. 미국 가서 세탁소나 하겠다고 홀연히 떠나버린 것이다. 한창 대치동에서 밥벌이하느라 일요일도 쉬지 못하고 일하러 나가던 무렵, 막냇동생이 귀국하여 우리 집에서 며칠 지냈다. 나는 동생과 술잔 기울이며 회포를 풀 마음의 여유도 시간도 없었다. 몇 년 후에는 작은형한테로 간 막냇동생. 그때 큰형에게 서운했었다고 말했다는 걸 둘째에게 전해 듣고서 뒤늦게 얼마나 미안했던지.

이래저래 형 노릇 한번 제대로 하지 못해 동생들에게 미안함만 가득하다.

사랑의
에너지

* 사랑의 에너지

116cm*91cm 캔버스에 아크릴, 오일파스텔 2023년

1998년 8월 15일 출소했을 때 나는 돈 한 푼 없고 직업도 없는 빈털터리였고 세상 물정 모르는 청맹과니였다. 우연히 지금의 아내를 만났고 6개월 만에 결혼했다. '사람은 착하니까 내가 먹여 살리면 되지'라고 생각했단다. 딸을 낳았고 아들을 낳았고 또 딸을 하나 더 낳았다. 세상 부러울 게 없는 가족이다.

대학 2학년 때. 신입생으로 들어온 도사 집안 아들인 후배에게 내 얼굴을 맡겼다. 잠시 물끄러미 내 얼굴을 보더니 그는 딱 한 마디만 남기고 지나갔다. "말년이 좋으시겠습니다." 웃으며 무심히 흘렸던 그 말이 세월이 지나 가슴에 다가온다. '좋은 말년'에서 가장 큰 비중을 차지하는 게 나의 세 아이다.

가진 거 하나 없던 나를 거두어 준 아내, 내게 세 아이를 낳고 길러주어 말년의 행복을 만들어 준 아내가 고맙다.

결혼 후 아내의 직장이 있던 광명시에 거주하다가 잠시 시흥시 도창동의 아파트에 살았다. 아파트 옆은 논농사를 짓는 평야였다. 논들 사이로 널따란 산책길이 있었다. 그 산책길을 환히 웃으며 힘차게 달리는 세 살짜리 소녀. 내 큰딸의 오랜 이미지이다. 느긋하고 대범한 성격, 쌍꺼풀진 반짝이는 큰 눈은 엄마를 닮았다. 보름달 같은 얼굴이었는데 나이 스물을 넘더니 브이라인의 턱선을 가진 주먹만 한 얼굴로 자연스럽게 바뀌었다. 아빠는 큰딸을 볼 때마다 "아름다운 우리 딸!"이라며 감탄한다.

큰딸에게는 마음의 빚이 있다. 아들이 기저귀를 차던 때부터, 지금은 돌아가신 나의 막내 이모가 애들을 키워주셨다. 막내딸도 이모 덕분에 낳을 수 있었다. 아들과 막내딸을 끔찍하게 이뻐해 주신 이모는 '이미 커버린' 큰딸에게는 좀 인색하셨다. 내가 한창 밥벌이로 바쁠 때라, 가끔씩 불만과 원망의 눈빛으로 부모를 대하던 큰딸의 빈 마음을 헤아려 주지 못했다. 강아지를 키우고 싶다던 큰딸의 소망을 들어 준 게 그나마 유일하게 아빠로서 해준 일이었다.

내가 학생들 수학을 일대일로 가르칠 때 학생들이 푼 문제를 채점하고 가벼운 질문을 받아주는 조교 역할을 큰딸이 아르바이트로 하고 있다. 집에서와는 다르게 일터에서는 꼼꼼하고 완벽하게 일 처리를 하는 듬직한 어른이다. 일이 끝나고 학생들이 모두 나가고 나면 나는 큰딸의 어깨를 끌어안으며 "수고했다"라고 인사를 건넨다. 어릴 적 충분치 못했던 사랑을 뒤늦게라도 전하고 싶은 나의 노력이기도 하다.

아들은 가장 나와 닮았다. 이목구비는 다 달라 보이지만 아빠의 판박이라는 소리를 주위에서 어릴 때부터 들었다. 성격도 비슷하다. 나는 초등학교 고학년 때도 "육성회비 내라"는 선생님 말씀을 전했다가 "너는 냈어"라는 어머니 대답에도 '모두에게 얘기하셨으니 나한테도 하신 건데'라며 쉽게 수긍하지 못하던 아이였다. 아들에게서도 그런 나의 모습을 종종 봐왔기에, 아들 초등학교 시절 '생각이 깊고 예리하다'라는 선생님의 아들 칭찬을 그저 의례적인 인사로만 생각했었다. 아들은 말이 없고 의논도 없이 늘 스스로 생각하고 스스로 결정한다. 중3 때부터 심리학을 전공하고 싶다고 하더니 결국 원하는 대학의 심리학과를 들어갔다.

아들은 대학 2학년이 되면서 자취방을 구해서 나갔다. 이사하는 날 차 안에 엄마가 싸준 온갖 짐을 싣고 가면서 "아빠는 몸만 나갔었는데" 했더니 "그건 독립이 아니라 가출인데!"라고 대답한다. 어쩌다 집으로 들어오면 나는 아무 말도 못 하고 아들이 썼던 방을 내줘야 한다. 눈치 봐야 하는 어려운 손님이다. 나는 나를 닮은 아들이기에 아무것도 묻지 않고 모든 걸 믿는다. 아들은 엄마와 소통하고 아빠는 엄마에게서 소식을 듣는다. 말이 없어도 통하고 있다고 아빠는 믿는다. 전시회 여는 아빠의 모습에 영향을 받았는지 계절학기 수업으로 현대시를 공부한다더니 동네에 있는 미술학원도 다닌단다.

막내딸은 큰 애들 둘과는 성격이 다르다. 반응이 빠르고 자기표현을 잘한다. 아깃적부터 표정이 풍부하더니 재잘거리며 아빠 엄마를 웃게 만드는 아이다.

고2인 막내딸 방문은 시험공부하고 있는 때가 아니면 대부분 열려있다. 일요일이나 방학기간이면 아침마다 아빠가 막내딸 방으로 들어가 문안 인사를 한다. 퇴근하고 들어와서도 아빠는 씻은 후에는 막내딸 방으로 들어가 인사를 나눈다. 손을 뻗으면 자연스레 손을 맞잡는다. 묻지 않아도 막내딸은 자기 이야기를 아빠에게 펼쳐놓는다. 함께 웃고 함께 의논도 나눈다. 최근 들어 엄마가 모르는 막내딸 이야기를 아빠가 먼저 아는 경우가 생기기 시작했다. 역전에 성공한 것이다. 어려운 학교 과제에 아빠가 힌트를 주기도 했다. 눈을 반짝이며 "오, 설득돼!"라고 아빠의 말에 반응하더니 열심히 연구하고 실험하여 발표까지 해낸 막내딸이다. 막내딸은 항공기 조종사, 천문학자 등 여러 가지 꿈이 있었는데 요즘은 산업공학과 진학을 준비하고 있다.

서로 세 살 터울인 아이들 수학 공부를 아빠인 내가 다 가르쳤다. 큰딸이 중학교 2학년일 때 대치동 작은 학원을 접고 집이 있는 동네로 이사 왔다. 아이들은 집에서 쉬거나 놀 때의 모습과 학교나 학원에서 공부할 때의 모습이 다르다. 대부분 부모는 집에서의 아이들 모습만 보면서 아이들을 다 안다고 여긴다. 나는 학부모들에게 늘 얘기한다. 아이가 열심히 공부하고 갔으니 집에서는 수고했다고 격려하고 맛있는 거 먹으며 쉬게 해주시라고. 엄마들은 늘 불평한다. "집에서 공부하는 꼴을 못 봐요!" 아이들은 공부하는 기계가 아닌데 부모는 아이가 기계이기를 바란다. "엄마에게 복수하고 싶어서 공부 안 합니다." 대치동에서 이런 말을 하는 고등학생을 본 적이 있다. 초등학교 때 엄마 손에 이끌려 서울대 영재센터에 다니기도 한 학생이다. 아이들 인생은 아이들 자신의 것이다. 스스로 겪어보고 스스로 고뇌하고 자신의 노력으로 성공을 경험해 봐야 그것이 자기 것이 된다. 나는 수학도 그런 방식으로 가르친다. 다른 공부도 인생 자체도 이치는 마찬가지이다. 부모의 무지와 욕심이 아이들로부터 너무 많은 것을 박탈하고 파괴한다.

큰딸은 친구들과 어울리는 것을 좋아한다. 수능이 끝나자마자 거의 한 달 동안 유럽 여행을 경험했다. 키가 180이 넘는 아들은 신체검사에서 척추측만증이 심해서 면제 처분을 받았다. 엑스레이 사진을 보며 친구들이 '다 펴졌으면 2m는 되었겠다'라며 놀렸다고 웃으며 말한다. 막내딸은 언니나 오빠와 달리 외국 영주권을 얻을 때까지는 남자친구를 사귀지 않을 생각이라고 말씀한다. 사랑스러운 내 아이들이다. 민희와 우희의 엄마 말처럼, 자식의 은혜는 부모의 은혜보다 크다.

퇴근하고 문을 열고 들어서면 아이들 운동화가 현관 가득히 어질러져 있다. 마치 학과 MT 나온 대학생들이 벗어놓은 신발들 모습이다. 나는 이 장면을 좋아한다. 저마다 자기 방이 있어 문 닫고 들어가 있으면 얼굴도 볼 수 없지만, 신발들은 여기 옹기종기 모여 서로가 한 가족임을 보여주고 있지 않은가? 마음이 세상 최고의 부자가 된다.

화가가 된 혁명가

초판 1쇄 발행 2023년 10월 25일

지은이 남진현
펴낸이 박유상

펴낸곳 빈빈책방(주)
편 집 배혜진
디자인 박주란

등 록 제2021-000186호
주 소 경기도 고양시 덕양구 중앙로 439 서정프라자 401호
전 화 031-8073-9773
팩 스 031-8073-9774
이메일 binbinbooks@daum.net
페이스북 /binbinbooks
네이버 블로그 /binbinbooks
인스타그램 @binbinbooks

ISBN 979-11-90105-61-3 (03810)